I0710449

LA LARME DE LA DRAGONNE

LES ÂMES-SŒURS DE LA DRAGONNE #2

EVA CHASE

La Larme de la Dragonne

Livre 2 de la série "Les Âmes-soeurs de la Dragonne".

Tous droits réservés. Ce livre ou toute partie de celui-ci ne peut être reproduit ou utilisé de quelque manière que ce soit sans l'autorisation écrite expresse de l'auteur, à l'exception de l'utilisation de brèves citations dans une critique de livre.

Ceci est une œuvre de fiction. Toute ressemblance avec des personnes réelles, vivantes ou décédées, ou des événements réels est purement fortuite.

Première édition numérique, 2017

Copyright © 2022 Eva Chase

Traduction française : Deborah Ilhe

Correction d'épreuves en français : Rose CAMARA at Griot Editing Services

Conception de la couverture : Covers by Juan

Ebook ISBN : 978-1-990338-72-4

Broché ISBN : 978-1-990338-73-1

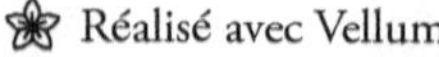 Réalisé avec Vellum

1

Si quelqu'un m'avait dit une semaine plus tôt que peu de temps après je ferais les boutiques pour trouver du matériel de camping avec les quatre hommes les plus sexy au monde, j'aurais appelé l'asile pour qu'ils viennent chercher cette personne. Mais j'étais là, dans une petite échoppe d'une ville dont je n'avais jamais entendu parler jusqu'à il y a deux jours, faisant de mon mieux pour ne pas fondre tandis que l'un de ces mecs magnifiques m'aidait à enfiler une doudoune. Ses doigts effleurèrent ma poitrine, provoquant un frisson agréable sur ma peau.

Ce n'était pas le simple toucher d'Aaron qui me faisait que j'étais sur le point de fondre. Les rayons du soleil de la fin du mois de juin filtraient à travers les vitrines de la boutique, et l'air immobile entre les étagères de vêtements d'extérieur, les sacs à dos et autres équipements était lourd à cause de la chaleur. Je me tortillai dans la doudoune.

— Tu es sûr que j'ai besoin d'être *autant* habillée ?

Aaron me répondit par un sourire, une lueur malicieuse dans ses yeux bleu vif. Entre la beauté de ses yeux bleu porcelaine et ses cheveux blond doré, il aurait pu passer pour un prince Disney. Même si je n'étais pas sûre d'avoir déjà vu un héros Disney aussi musclé. Je n'en avais définitivement jamais vu un qui pouvait faire naître des pulsations entre mes jambes d'un simple regard.

— Tu as dit que tu n'étais pas sûre d'à quel point on allait devoir s'enfoncer dans les montagnes, dit-il avec le ton légèrement rauque qui ajoutait un peu de saveur à sa voix posée. Il fera beaucoup plus froid à des altitudes plus élevées.

— Et on ne voudrait pas que notre princesse des Flammes finisse gelée, dit Marco d'une voix traînante en s'appuyant contre une étagère avec son sourire en coin habituel.

Ce dernier allait bien avec l'image de playboy rebelle qu'il cultivait déjà avec ses cheveux noirs hérissés, la petite cicatrice qui traversait son sourcil arqué et son refus de prendre n'importe quelle situation totalement au sérieux. Son regard indigo balaya mon corps, envoyant une nouvelle vague de désir dans tout mon être. Son sourire s'élargit et il ajouta :

— Même si j'ai beau être triste de te voir aussi couverte, bien sûr.

Je lui jetai un regard noir tout en m'extirpant de la doudoune d'un haussement d'épaules.

— Je suis sûre que tu survivras quelques jours sans voir mon décolleté.

Marco eut un petit rire.

— J'ai tout le reste de ma vie pour l'apprécier après toute cette histoire.

Oh, ouais. C'était le détail que j'avais trouvé le plus difficile à avaler avant que *ma* vie ne soit totalement chamboulée environ une semaine plus tôt. Les quatre hommes qui étaient en train de faire leurs achats avec moi étaient tous des métamorphes, et pas n'importe quels métamorphes, mais les alphas de leurs groupes de familles respectifs. Marco se transformait en un élégant jaguar noir. Il régnait sur la famille des félins. En tant que leader des métamorphes aviaires, le côté animal d'Aaron était un aigle doré impressionnant.

Et moi ? J'avais découvert que j'étais une métamorphe dragonne. Une sur les deux seules qui restaient dans le monde entier, si ma mère était encore en vie. Si elle ne l'était pas, j'étais la toute dernière. Et ma mission consistait à unir tous les groupes de métamorphes en prenant les quatre alphas comme âmes-sœurs. Aucune pression, du tout.

Il y avait des choses pires que le fait qu'on s'attende à ce que vous sortiez avec quatre hommes totalement canons, comprenez-moi bien. Mais pour une fille qui n'était jamais allée très loin avec un mec au cours des vingt-et-une premières années de sa vie, et qui n'avait pas la moindre idée que les métamorphes existaient, toute cette attention pouvait sembler un peu écrasant.

Je posai la veste sur mon bras.

— Elle me va et elle est confortable. Et je voudrai qu'on y aille. Je vais la prendre.

Ça faisait sept ans que ma mère était passée par Sunridge, dans le Wyoming, et qu'elle m'avait laissée un message sur le monument de la ville à l'aide d'un enchantement, mais je ne voulais pas attendre une seconde de plus que nécessaire avant de découvrir ce qui lui était arrivé ensuite.

Nate s'approcha, deux sacs de couchage enroulés sous ses bras musclés. Son côté ours transparaissait dans son grand corps bien bâti et dans ses cheveux couleur châtaigne. Mais lorsqu'il me regarda, son expression n'était remplie que d'une douce chaleur. Il avait beau être un grizzly quand on nous attaquait, avec moi il se comportait comme un véritable ours en peluche.

— Tu penses qu'on restera là-haut au moins une nuit, Ren ? dit-il.

Sa riche voix de baryton ne manquait jamais de me réchauffer.

— Je... je ne sais pas trop, admis-je.

On avait atterri ici, à Sunridge, après avoir suivi une série d'indices que ma mère m'avait laissée. Lorsque j'avais touché l'obélisque sur la place de la ville, j'avais eu une vision d'elle me disant qu'il y avait quelque chose que je devais trouver au sommet d'une certaine montagne. Une sorte de pouvoir qu'elle était partie récupérer sept ans plus tôt.

Elle n'était jamais revenue. J'avais passé toutes ces années sans la moindre idée du lieu où elle était allée ni de ce qu'elle était devenue. À dire vrai, obtenir des réponses à mes questions était plus important pour moi que n'importe quel pouvoir spécial. Je pouvais me transformer en dragonne, en une grande dragonne cracheuse de feu et rapide. N'était-ce pas suffisant ?

Cette pensée fit remonter des frissons le long de mon

bras. Avant de réaliser vraiment ce que j'étais en train de faire, ma main avait chopé un mousqueton en métal d'un panier avant de le glisser dans ma manche. Maudits instincts de pickpocket. Ils refaisaient toujours surface quand j'étais nerveuse. Je sortis l'objet et le reposai dans le panier en rougissant de gêne, mais heureusement aucun des hommes ne fit de commentaire sur mon dérapage.

— Il vaudrait mieux qu'on emporte plus de ravitaillements qu'il n'en faut plutôt que pas assez, dit Aaron à Nate.

Il était celui qui avait le plus de sens pratique parmi mes hommes, ce que j'appréciai énormément sachant que j'avais encore tellement à apprendre sur les capacités des métamorphes…et leurs limitations.

— Les sacs de couchage seront beaucoup plus confortables que les simples couvertures qu'on a dans le SUV.

Il se retourna, le regard vers le quatrième membre de l'équipe des alphas.

— Tu n'avais pas dit qu'il y avait une tente dans la voiture, West ?

Le métamorphe loup hocha la tête depuis l'endroit où il se trouvait, près de la porte d'entrée de la boutique. Les rayons du soleil qui passaient à travers cette dernière s'accrochaient aux mèches argentées qui parsemaient ses cheveux auburn. Tout comme son animal, il était tout en muscles allongés, visibles en cet instant avec ses bras croisés sur son torse ferme.

West fronçait les sourcils, mais ça ne voulait pas dire grand-chose. Il le faisait quasiment pour tout, surtout si ça avait un quelconque rapport avec moi. Il avait très clairement établi qu'il n'était pas encore tout à fait d'accord avec toute cette idée « d'être destiné à être l'âme-sœur de la métamorphe dragonne ». Je me disais que je ne pouvais pas vraiment lui en vouloir compte-tenu du chaos dans lequel cette tradition avait apparemment plongé les familles de métamorphes lorsque ma mère avait disparu de la communauté m'emportant avec elle seize ans plus tôt.

Mais ça ne m'aurait pas dérangé qu'il se rappelle que *je n'étais* pour rien dans la décision qui avait été prise de partir avant de diriger son hostilité vers moi.

— Je ne suis pas sûr que la tente qu'on a est assez grande pour nous cinq, mais avec les problèmes qu'on a rencontré sur le chemin, il vaudrait mieux qu'il y ait systématiquement deux d'entre nous qui montent la garde de toute façon, dit West. Mais on n'a rien pour la transporter. Il va falloir qu'on prenne des sacs. J'imagine qu'on ne pourra pas aller jusqu'à ce trésor de métamorphe dragonne en voiture.

Ses yeux vert foncé glissèrent dans ma direction au moment où il prononça cette dernière phrase.

— Je ne sais pas, dis-je. Cette expédition n'était pas *mon* idée. Croyez-moi, j'aurais aussi aimé que ma mère nous ait laissé des instructions plus claires.

— On te suit tous dans cette histoire, Étincelle, marmonna-t-il. Ne l'oublie pas.

— Je pense que c'est une hypothèse censée que d'assumer qu'on va devoir faire une partie du chemin à pied, dit intervint calmement Aaron.

Son côté pratique faisait également de lui un bon conciliateur.

— Et on va devoir prendre de quoi manger pour le

voyage sachant qu'on ne peut pas être certains des résultats que donnera la chasse.

— J'ai vu une supérette d'une taille correcte sur le chemin pendant qu'on venait en ville, dit Nate.

— Parfait, dis-je, amenant ma doudoune jusqu'au comptoir. J'espère que vous avez tous des comptes en banque bien fournis.

Surtout que je n'ai pas de carte bancaire. Ça ne fait que deux mois que je ne vivais plus dans la rue.

Marco eut un petit rire.

— Ne t'inquiète pas, princesse. L'argent n'est un problème pour aucun d'entre nous.

Il paya pour notre nouvel équipement, par chance à Sunridge, tout était disponible en grande quantité comme nous étions proches d'endroits privilégiés pour faire de la randonnée et du camping. Puis nous partîmes en voiture jusqu'à la supérette. Je restai assise dans mon siège tandis que les garçons commençaient à descendre du SUV.

— Prenez-moi du bœuf séché épicé et des Doritos s'ils en ont, dis-je. À part ça, je m'en remets à vous. Je veux prévenir Kylie avant qu'on ne risque de ne plus avoir de réseau.

La tête de Nate se tourna brusquement.

— Tu ne dois pas rester toute seule. Je vais rester avec toi dans la voiture.

J'étais tentée de lui dire que tout irait bien pour moi, mais le fait était qu'il était possible que ce ne soit pas le cas. Nous avions déjà été attaqués par un groupe de métamorphes renégats alors que nous étions en route vers la ville, vraisemblablement le même groupe qui avait tué mes pères et mes sœurs il y avait des années de ça. C'était ce qui avait poussé ma mère à prendre la fuite m'amenant avec elle. Étant donné les circonstances, il était impossible de vraiment la blâmer.

J'avais réussi à aller jusqu'au bout de ma transformation en dragonne pour la première fois pour repousser l'attaque qui avait eu lieu plus tôt dans la journée et j'avais entièrement carbonisé celui qui semblait être leur chef, mais une poignée d'entre eux s'étaient échappés. Et nous ne savions pas avec certitude combien il pouvait en rester d'autres.

Les renégats ne suivaient pas les règles des métamorphes. Ils étaient prêts à utiliser des armes sur contre ceux de leur propre espèce, même des armes à feu, ce qui d'après les alphas était formellement interdit. Les métamorphes guérissaient vite, mais la plaie refermée sur mon bras à l'endroit où j'avais pris une balle me faisait encore mal.

Alors je souris à Nate et dit :

— Bien sûr. Par contre, ne le prends pas mal si j'accorde toute mon attention à mon téléphone.

Il tendit son bras au-dessus du dos du siège pour serrer mon épaule.

— Je ne t'empêcherai pas de parler avec ton amie.

Le métamorphe ours resta derrière moi pendant que les autres se dirigeaient vers la supérette. Je sortis mon téléphone.

Salut Ky. Comment tu vas ?

Ma meilleure amie était avec nous deux jours plus tôt, lors de la première tentative des métamorphes renégats d'attenter à ma vie. Ils avaient presque failli la tuer. C'était pour ça que j'avais insisté pour qu'elle rentre à Brooklyn une fois qu'elle serait remise de ses blessures au lieu de venir avec nous.

Elle m'envoya un SMS presque aussitôt.

Je vais bien ! Je dirais à 95% là maintenant. Elle ajouta un emoji clin d'œil. *Sûrement à 100% d'ici demain. Quoi de neuf ? Vous êtes arrivés à Sunridge ? Qu'est-ce que vous avez trouvé là-bas ? Je veux des réponses !!!*

Je ne pus m'empêcher de sourire. L'énergie débordante de Kylie transparaissait clairement, même sous forme de SMS. Je l'imaginais tellement bien en train de se prélasser sur une des chaises longue sous un des porches du village des métamorphes où elle était en train de se rétablir, avec un sourire aussi éclatant que les cheveux rose fluo de sa coupe à la garçonne.

Alors que j'essayais de décider quoi dire, mon sourire s'effaça. Je n'avais pas vraiment envie d'inquiéter ma meilleure amie en lui parlant de la deuxième attaque, surtout quand elle était trop loin pour pouvoir faire quoi que ce soit. Elle avait déjà accouru à mon secours une fois. Pour l'instant, elle devait se concentrer sur le fait qu'*elle* continue d'aller bien. Mais il y avait une chose que je devais partager avec elle.

J'ai réussi une transformation complète ce matin. Tu es en train de parler à une authentique dragonne là !

Putain de merde ! C'est génial, Ren. J'ai trop hâte que tu me fasses une démonstration.

Ce sera la première chose que je ferai quand je reviendrai. Mais peut-être qu'on va être absents un peu plus longtemps que prévu. Ma mère m'a laissée un autre message ici. Il y a cette pierre avec une image dessus qui a l'air lié aux métamorphes dragonnes d'une manière ou d'une autre... Une autre piste à suivre.

Aucun signe de vie de ta mère ? demanda Kylie.

Je me mordis la lèvre.

Non. Ça ne sent pas bon. Vu la manière dont elle parlait dans le message qu'elle a laissé... C'était comme si quelqu'un était à ses trousses. Et qu'elle prévoyait de revenir vers moi si elle le pouvait. Puisqu' elle n'est pas revenue...

Je suis tellement désolée, Ren. Mais peut-être que ce n'est pas aussi mauvais que ça en a l'air.

J'avais tellement envie d'y croire. De croire que Maman était retenue prisonnière ou obligée de se cacher et de se faire totalement oublier, ou quoi que ce soit d'autre qui l'aurait empêchée de revenir à New York City... de croire autre chose que le fait qu'elle était morte. Mais plus on avançait dans nos découvertes sans traces récentes de sa présence, plus ça devenait difficile d'y croire.

Je vais continuer à espérer tant que je ne suis sûre de rien, écrivis-je. *Mais dans tous les cas, on risque d'être hors réseau pendant quelques jours. Alors ne t'inquiète si tu n'as pas de mes nouvelles ! Continue de prendre soin de toi.*

J'y travaille. Toi aussi prends soin de toi. Même si c'est dur d'être super inquiète quand je sais que tu as ces quatre beaux mecs virils impatients de te défendre. Et qui ont envie d'aller plus loin avec toi. Des progrès là-dessus ? Emoji du démon.

Je levai les yeux au ciel, mais mes joues étaient devenues toute rouge au même moment. En fait oui, il y en avait eu. J'avais fait mon premier grand pas pour embrasser ma destinée en tant que chef des métamorphes la nuit précédente : en réclamant officiellement Aaron comme mon âme-sœur.

En d'autres termes, on avait couché ensemble. Et c'était vraiment, vraiment tellement bon que mon corps était encore parcouru de frissons quand j'y repensais.

Mais parler de ma première fois par SMS ne me semblait pas être une bonne idée. C'était le genre de conversation entre meufs j'avais envie de l'avoir en face-à-face avec ma meilleure amie.

Je t'en dirai plus quand je serai rentrée, écrivis-je.

Hey ! C'est mal de faire attendre une fille ! Je veux connaître tous les détails à la seconde où je te verrai.

Promis.

Il y aurait peut-être beaucoup plus de détails au moment où je passerai à nouveau du temps avec Kylie. Pour assumer pleinement mon rôle de métamorphe dragonne, j'étais censée devenir totalement intime avec les quatre hommes. Et Marco et Nate, en tous cas, avaient fait preuve d'enthousiasme à revendre à ce sujet. Mais ne plus appartenir au club des vierges avait déjà été une énorme étape. J'avais beau être attirée par eux tous, même par West, je n'étais pas prête à sauter au lit avec les quatre à la fois juste comme ça.

Aussi alléchante que cette image pût être subitement. Avec combien de mecs exactement *pouvait*-on coucher en même temps ?

Lorsque les trois alphas revinrent avec leur butin, j'avais plus chaud que je n'aurais pu en rejeter la faute sur le soleil. Ils mirent les sacs de courses à l'arrière avec le reste du matériel et s'entassèrent dans la voiture. J'avais pris le siège passager car j'étais celle qui avait la meilleure idée de là où nous allions, aussi incertaine que soit notre destination précise. Aaron, qui avait passé la majeure partie du temps les yeux rivés sur les cartes, prit le volant.

— La route monte dans la montagne pendant un quart du chemin, avant qu'on ne doive ensuite emprunter des routes secondaires autour de cette dernière, dit-il. Dis-moi si tu sens quoi que ce soit sur le trajet qui puisse nous indiquer quelle direction on devrait prendre ou où on devrait s'arrêter.

Je hochai la tête. Toutes les pensées liées à du sport de chambre s'estompèrent au fond de mon esprit derrière une espèce de gigue d'anticipation. J'ignorais ce qui nous attendait dans les montagnes, mais d'après la manière dont Maman avait parlé dans la vision qu'elle m'avait laissée, j'étais sûre que c'était le bout du tunnel. J'aurai bientôt mes réponses.

Aaron dirigea la voiture vers la montagne avec les deux pics, celle qui correspondait à la gravure sur l'obélisque. Sur la gravure, on voyait également une flamme entre les deux pics. Je supposais qu'il s'agissait de l'image que devait renvoyer le soleil lorsqu'il se levait et qu'il s'enflammait entre eux. Et peut-être que l'image faisait allusion au pouvoir que ma mère disait être caché là-bas.

— Toi qui as lu toutes ces choses sur l'histoire des métamorphes, dis-je à Aaron. Aurais-tu la moindre idée du genre de « pouvoir » dont ma mère pouvait parler ?

Il secoua la tête.

— Les métamorphes dragonnes ont toujours gardé certaines choses pour elles. Leur lien mère-fille a été tellement profond au fil des siècles, juste une lignée autour de laquelle toutes les familles de métamorphes sont centrées. Il semble logique qu'elles aient leurs secrets.

Un lien tellement profond. Maman et moi avions toujours été proches, c'est sûr. Nous ne comptions que l'une sur l'autre pendant les neuf années où nous avions vécu ensemble cachées à New York City.

Mais nous n'avions pas créé de liens sur notre nature de métamorphes dragonnes. Elle avait enfermé tous mes souvenirs de cette partie de nos vies, ainsi que mes pouvoirs. Ils ne commençaient qu'à peine à revenir au compte-gouttes. Je ne pouvais que supposer qu'elle essayait seulement de me protéger, mais maintenant que j'avais besoin de mes pouvoirs, je ne pouvais m'empêcher de souhaiter qu'elle trouvât un autre moyen.

Une sensation persistante parcourut tout mon corps tandis que la route remontait pour suivre la pente de la montagne. À présent, c'était plus que de l'anticipation. Quelque chose m'attirait vaguement vers le versant, m'encourageant à continuer de monter. Comme si quelqu'un qui me connaissait et qui voulait fêter mon retour était en train de m'appeler.

— Les métamorphes dragonnes ont l'air d'avoir un goût prononcé pour les paysages spectaculaires, remarqua Marco derrière moi.

La haute chaîne de montagnes qui entourait Sunridge s'étendait tout autour de nous dans toute sa majesté.

La route serpentait tandis qu'elle remontait dans la montagne avant de bifurquer brutalement vers la gauche. Nous n'avions roulé que quelques secondes de plus lorsque la traction subtile qui m'avait attirée se transforma en une sensation de tiraillement.

— Arrête-toi, dis-je.

Aaron me lança un regard et freina.

— Tu as vu quelque chose ? dit-il.

— Pas encore, mais il y a quelque chose ici. Je le *sens*.

Il s'arrêta sur la bande d'arrêt d'urgence, à une courte distance du bord de la route, là où une clôture peu élevée entourait un belvédère. Je bondis hors du SUV à la seconde où il s'arrêta de bouger. Mes baskets martelait le pavé avec un bruit sourd tandis que je traversais la route en courant. Je suivis l'abrupte paroi rocheuse de l'autre côté de cette dernière jusqu'au virage serré vers la gauche que nous avions emprunté.

Ici. La force m'exhortait à monter. J'agrippai la surface inégale des rochers et me hissai sur le flanc escarpé. J'avais beau ne pas encore avoir un contrôle total de mes capacités de métamorphe, j'en ai tout de même eu la force et l'agilité toute ma vie.

Après ce qui fut une rapide session d'escalade sur la paroi rocheuse, le versant de la montagne se nivela. Un creux peu profond courait à travers la pierre, légèrement incliné vers le haut. À l'instant précis où mon regard se posa sur ce creux, la sensation persistante s'insinua plus profondément, pénétrant dans mes poumons.

C'était le chemin que nous devions emprunter. Je le ressentais au plus profond de moi.

Mes alphas s'étaient rassemblés au bord de la route en-dessous de moi. Je sautai pour les rejoindre. L'euphorie du saut n'était plus aussi excitante maintenant que j'avais connu un vrai vol. Bon sang, j'avais hâte de reprendre ma forme de dragonne. C'était vraiment dommage que je n'aie pas réussi à la conserver plus que quelques minutes cette première fois. Il fallait que je travaille mon endurance.

— Il faut qu'on aille par-là, dis-je en montrant du doigt l'endroit que je venais de trouver, plus haut dans la montagne.

West regarda fixement le versant rocheux et fit une grimace.

— C'est une bonne chose qu'on n'ait pris qu'une seule tente.

Marco lui donna un petit coup sur l'épaule.

— Arrête de ronchonner et aide-moi à emballer nos affaires, le loup.

Mon cœur s'arrêta de battre pendant qu'ils retournaient d'un pas nonchalant vers le SUV. Ils étaient tous en train de suivre ce chemin pour moi, parce que j'avais dit que c'était important. Mais je n'avais vraiment aucune idée de ce qui nous attendait là-haut.

— Je ne sais pas jusqu'où on va aller, dis-je. Ça pourrait être un long périple. »

— On s'y est préparés, dit Aaron avec un sourire rassurant. Il y a une raison pour laquelle ta mère nous a guidés jusqu'ici.

Nate serra mon épaule.

— On croit tous en toi, Ren. Même West, peu importe à quel point il se montre grincheux. Tes instincts ne nous conduiront pas dans la mauvaise direction.

Je me tournai vers le plus grand de mes alphas, attirée par la chaleur enveloppante de son corps. Nate semblait savoir exactement ce dont j'avais besoin. Il enroula ses bras musclés autour de moi dans une étreinte, baissant sa tête près de la mienne.

La sensation de sa joue effleurant ma tempe alluma une flamme d'un genre d'envie totalement différente en moi. Je reculai juste assez pour lever ma tête et amener mes lèvres vers les siennes.

Nate s'abandonna dans mon baiser, me le rendant à la fois fermement et tendrement. La chaleur qui émanait de lui submergea mon corps tout entier. Oh oui, une très grande partie de moi avait hâte de faire *totalement* connaissance avec mes quatre hommes.

Mais ce n'était évidemment pas le moment pour ça. Je l'embrassai encore une fois, avec suffisamment d'intensité pour qu'un grondement de plaisir résonne dans sa poitrine, puis je m'obligeai à m'éloigner. Mes joues étaient rouges, mais je me sentais soudain deux fois plus solide.

— Allons chercher nos affaires et allons-y.

2

Ren

Après plusieurs heures sur le sentier, je commençais à me demander si nous avions vraiment besoin d'emmener autant de choses. Je pouvais survivre sans sac de couchage, non ? Qui avait besoin de vêtements de rechange ? À quoi servait la nourriture ? Je *savais* que les gars m'avaient donné le sac le plus léger, et pourtant j'avais quand même l'impression qu'une tonne de briques pesait sur mes épaules.

Apparemment, j'avais besoin de travailler sur cette histoire d'endurance, et pas seulement au rayon métamorphose. Je n'avais pas eu l'opportunité beaucoup m'entraîner à la randonnée en montagne à New York City.

Je n'avais pas envie d'avoir l'air d'une chochotte alors que mes alphas marchaient à grands pas comme si cela ne leur demandait aucun effort, je serrai donc les dents et continuai à avancer. Mais je ne pouvais pas nier que je fus soulagée lorsqu'Aaron fit une pause et toucha une des parois rocheuses qui s'élevaient graduellement de chaque côté autour de nous. Elles surplombaient le chemin à présent, pas suffisamment haut pour bloquer le soleil couchant, mais assez pour qu'il n'y ait aucun espoir de prendre un raccourci.

— Il y avait des fées là-haut, dit Aaron.

— Quoi ? West dépassa Nate pour s'avancer à grandes enjambées.

Aaron montra une marque dans la roche lisse, deux lignes se croisant avec une lueur tellement faible que je ne l'aurais pas remarquée s'il n'y avait pas attiré mon attention. Les épaules de West se raidirent. Les autres hommes et moi nous nous rapprochâmes.

— Ça a l'air vieux, dit Marco. Ils ne l'ont pas chargé récemment.

— Chargé ? répétai-je ses paroles.

— Avec de la magie. Il fit un geste de la main vers les lignes. Les fées adorent rendre les choses brillantes.

— Alors quand tu dis fées, tu parles bien des fées comme avec la poussière de fées, c'est ça ?

Je supposais que si les métamorphes et les vampires étaient réels, il n'y avait aucune raison pour que Clochette ne le soit pas.

West tourna brusquement son regard vers moi.

— Tout comme nous n'avons rien à voir avec des loups-garous, les fées ne ressemblent en rien à tes contes de fées. Ce n'est pas le genre d'êtres à qui tu veux avoir affaire.

— Elles sont remplies d'une sorte de haine viscérale depuis que les êtres humains ont commencé à occuper une grande partie de leur territoire, expliqua Marco. Elles aiment leur intimité.

— Mais les montagnes ne sont pas tout à fait leur type d'habitat naturel. En général, elles préfèrent les endroits où les choses *poussent*.

Aaron examina le chemin qui s'étendait devant nous avec une expression songeuse.

Nate posa ses mains sur mes épaules.

— Dans tous les cas, on doit continuer à avancer. Plus vite on trouvera ce qu'on cherche, plus vite on pourra partir et ne pas craindre d'avoir affaire aux fées.

Personne ne pouvait le nier. Nous reprîmes notre chemin, mais nous fixions tous les parois rocheuses avec beaucoup plus de circonspection désormais. Le chemin avait beau faire deux mètres, ça ne faisait pas beaucoup de marge de manœuvre si nous devions nous battre. Ce que West, en tous cas, semblait penser être une possibilité. Mais Marco avait dit que c'était avec les humains que les fées étaient en désaccord.

— Que pensent les fées des métamorphes ? demandai-je.

West émit un son entre un grognement et un marmonnement sans paroles comme s'il pensait que cette question était ridicule. Aaron l'ignora.

— On avait des relations cordiales avec elles, dit-il. Nos intérêts et nos besoins sont relativement différents, mais nous partageons le goût pour la nature, les espaces ouverts et une intimité à l'abri des hommes. Malheureusement, nous avons eu des... différents au cours des dernières décennies.

— Comme les humains agrandissaient leurs villes et

leurs villages, nous avons fini par devoir nous déplacer nous aussi, intervint Nate. Et les fées deviennent plus protectrices envers leur territoire. J'ai entendu dire qu'elles étaient d'accord pour que nous partagions des terres lorsque nous avions besoin de nous transformer et de décompresser.

— Et maintenant elles sont tout aussi susceptibles d'essayer de nous faire cuire au barbecue, dit Marco. Mais ces tensions pourraient s'estomper une fois que tu tiendras ton rôle, princesse. Il est plus difficile de maintenir de bonnes relations alors qu'on est déjà un peu divisés entre nous.

Est-ce que Maman avait déjà parlé de ça quand j'étais petite ? Je fouillais de nouveau dans mes souvenirs fragmentés, ceux qu'elle avait cachés à l'aide de sa magie après notre fuite. Ils n'étaient pas revenus facilement, et il était toujours difficile de reconstituer quoi que ce soit de très cohérent. Je glissai ma main dans ma poche au même moment, refermant mes doigts autour du médaillon qu'elle m'avait donnée avant de partir pour la dernière fois. Celui qui avait attiré les alphas jusqu'à moi. J'avais dû cesser de le porter autour de mon cou pour être certaine que la chaîne ne casserait pas dans le cas d'une transformation imprévue.

À présent j'arrivais à sentir une pointe de la magie dans le métal chaud en train de murmurer contre ma paume. Ça m'aidait à centrer mon esprit sur ces souvenirs lointains.

Une image de Maman remonta à la surface, elle se tenait à l'orée d'une forêt parlant avec un homme mince de grande taille dont la peau était si pâle qu'elle semblait presque bleue. Il émanait également de lui une légère brillance qui s'illuminait là où le soleil le touchait. J'étais accroupie dans l'herbe, en train d'observer, le cœur battant. À la fois nerveuse et excitée.

— Qui *était*-ce ? avais-je demandé à ma mère plus tard.

— Un des fées, avait-elle dit. Je dois négocier avec elles de temps en temps au nom de notre communauté. Mais tu ne les verras pas très souvent. Elle avait marqué une pause, son expression devenant distante. Je suppose que c'est un peu triste, à quel point nous interagissons peu et à quel point nous le faisons de manière formelle. Ma grand-mère m'a raconté il y a longtemps que les fées et les métamorphes dragonnes partageaient un lien spécial. Mais il est ténu aujourd'hui.

Puis elle avait embrassé mon front et m'avait faite entrer dans la salle à manger pour notre dîner.

Une boule se forma dans ma gorge. Je ne l'avais pas connue correctement au cours de ces seize dernières années car elle ne m'avait pas laissé la chance de le faire. Et maintenant que je savais qui nous étions, je ne pourrai peut-être plus jamais la voir autrement que dans un souvenir ou une vision.

Une sensation de chaleur effleura ma peau, comme celle que me procurait sa présence lorsque nous étions assises épaules contre épaules sur le canapé. Au début, je crus que c'était juste parce que j'étais plongée dans mes souvenirs. Puis mon regard se posa sur une petite bande de griffures parallèles creusée dans la paroi rocheuse juste devant moi.

Mon pouls commença à devenir irrégulier. Je m'arrêtai

pour tendre une main vers cette dernière, passant mes doigts sur les étroites fissures. Un sentiment plus fort de la présence de ma mère se propagea en moi. J'arrivais presque à sentir son odeur qui rappelait le lys et le miel.

— Ma mère était définitivement passée par ici, dis-je lorsque je fus capable de parler. Elle a dû se transformer... elle a fait ces marques. Je peux la sentir en elles.

— C'est un ouvrage plutôt délicat pour des griffes de dragonne, remarqua Marco.

— Elle voulait sûrement que tu les voies, dit Nate. Pour que tu saches qu'elle est ici avec toi, d'une façon ou d'une autre.

Exact. Et il y avait une chance pour que ce qui nous attendait me mènerait sur le reste du chemin jusqu'à elle. Je redressai mes épaules sous les sangles de mon sac et me remis à avancer à grands pas.

Aaron émit un bruit semblable à un bourdonnement.

— Ça ne se présente pas bien.

Ma tête se releva brutalement.

— Quoi ?

La question avait à peine franchi mes lèvres que je vis la scène. En bas du chemin, un amalgame de gros rochers s'était détaché de la montagne pour remplir l'espace entre les parois rocheuses. Il y avait probablement eu un éboulement. Exactement ce dont nous avions besoin, encore de l'escalade.

Mais tandis que nous nous rapprochions à la hâte, je me rendis compte que notre situation était plus compliquée que ça. Les gros rochers les plus hauts étaient tombés à un certain angle qui les faisaient saillir au-dessus des plus bas. Il était impossible de monter sur cet amoncellement à moins d'être capable d'annuler la gravité. Ce qui d'après ce que je savais ne faisait pas partie des compétences dont les métamorphes étaient dotés.

Nous nous arrêtâmes à la bordure de l'ombre de l'éboulement et l'observâmes de plus près. Aaron caressa sa mâchoire carrée. Marco marchait d'un pas raide d'un côté du chemin à l'autre, ressemblant énormément à un jaguar en cet instant. Nate alla tester un des gros rochers à portée de main comme s'il pensait pouvoir se frayer un chemin en creusant, et West émit un son en guise d'avertissement.

— Ne fais pas tomber cette putain de pile sur nos têtes.

— Il faut qu'on passe d'une manière ou d'une autre, dit Nate.

— Je peux voler, dit Aaron. Mais je ne pourrai pas porter plus que mon sac sous ma forme d'aigle.

Il n'était pas le seul à pouvoir voler.

— Je peux porter plus que ça, dis-je. Zut, sous ma forme de dragonne, je pourrais faire exploser cette pile pour qu'elle ne nous gêne pas sur le chemin du retour.

Le soleil déclinait et nous n'avions vu personne depuis que nous avions quitté la route. Je ne pensais pas qu'un humain remarquerait ma forme de dragonne si haut.

Nate fronça les sourcils.

— Tu ne t'es transformée pour la première fois que ce matin. Tu n'as peut-être pas encore récupéré assez d'énergie.

Je me débarrassai de mon sac d'un haussement d'épaules et je tendis la main vers l'ourlet de mon T-shirt. La transformation et les vêtements n'allaient pas vraiment de pair, surtout si on se transformait en une créature aussi énorme que celle dans laquelle je me transformais.

— Ça ne coûte rien d'essayer, pas vrai ?

Marco s'appuya contre la paroi rocheuse avec un sourire amusé.

— Pour ma part, je vais profiter du spectacle.

— Tiens, dit Aaron.

Il trouva la doudoune que j'avais achetée et il l'amena tandis que je retirai mon T-shirt et mon soutien-gorge.

— Tu n'arriveras pas à te concentrer sur la transformation si tu es gelée. Garde-la sur tes épaules, comme ça elle tombera quand tu te transformeras.

— Merci.

Je tirai la doudoune sur moi comme une cape, reconnaissante à la fois pour la chaleur et pour le soupçon de décence. Pendant toute leur vie, ces hommes s'étaient déshabillés quand ils avaient besoin de se transformer, peu importe qui était là. Il allait me falloir un peu de temps pour m'habituer au côté décomplexé de la nudité qui accompagnait le fait d'être une métamorphe.

Je me débarrassai de mon pantalon et mon slip avant de m'agenouiller pour que la doudoune couvre la majeure partie de mon corps. J'avais à peine remarqué l'air frais de la montagne durant notre ascension. Il faisait chaud lorsque nous avions démarré cette dernière, puis j'*avais été* réchauffée par la marche. À présent, l'air froid se répandait sur ma peau nue.

Cela ne m'aurait pas trop dérangé si j'avais eu mes écailles. Comment pouvais-je les faire sortir ? Je m'étais transformée dans le feu de l'action, prête à tout pour protéger mes alphas avant qu'ils ne meurent en me protégeant *moi*. Mais maintenant nous n'étions confrontés à aucune menace aussi urgente. À quel point serais-je capable de contrôler ce pouvoir ?

Le doute tiraillait mon esprit. Je fermai les yeux et pris une profonde inspiration, essayant de le rejeter. Désormais je connaissais la dragonne à l'intérieur de moi. Je savais ce que ça faisait de se développer dans ce corps, de déployer ses ailes. Tout ce que j'avais à faire, c'était de retourner à cet état.

Je repensais à la sensation que procurait les muscles qui s'étirent, aux écailles se formant sur ma peau plus tendre. Mais ce souvenir n'arriva pas seul. Le claquement des coups de feu se mit à résonner dans ma tête. Des cris de douleur. Tous les sons horribles de l'embuscade des renégats. Mon dos se raidit.

Non, ce n'était pas bon. Il fallait que je laisse couler tout ça. J'*étais* une dragonne. Je devais simplement en *devenir* une.

— Si tu n'y arrives pas, on trouvera un autre moyen, dit Nate. Ne te force pas.

Une étincelle de contrariété s'alluma dans ma poitrine. Pourquoi ne devrai-je pas me forcer ? Ne se dépassaient-il pas tous, tout le temps, pour moi ? Je n'étais pas une espèce de petite mauviette qui avait besoin d'être dorlotée. J'étais une fichue *dragonne*.

Cette poussée de détermination remonta dans tout mon corps. Oui, c'était de ça dont j'avais besoin. Je me raccrochai à cette dernière et plongeai la tête la première dans la sensation brûlante qui déferlait sur ma peau. Dans cette dernière, à travers elle, vers le haut, mes muscles se gonflant, mon cou s'étirant, la moindre parcelle de mon corps s'étendant pour se libérer. Ma tête s'allongea pour former des mâchoires bordées de dents acérées, un goût fumé coulant sur ma langue. Des flammes dansaient dans mes poumons.

Je m'élançai vers le ciel, heureuse. La transformation provoquait comme des pincements au niveau de mes articulations, mais ça ne me dérangeait pas le moins du monde. J'avais réussi. C'était celle que j'étais.

Le vent me ballotait tandis que je descendais en piqué. Je me délectais du plaisir provoqué par le vol pendant quelques instants avant de plonger vers l'amas de rochers. Je ne savais pas combien de temps je pourrai conserver cette forme. Je ne devais pas oublier la raison pour laquelle je l'avais adoptée en ce moment.

Le tas de gros rochers ressemblait à des cailloux aux yeux de ma dragonne. Je descendis sur celui qui se trouvait le plus haut et le pris entre mes pattes arrière. Mes griffes se refermèrent autour du rocher et l'arrachèrent de la pile. En quelques battements d'ailes, je le déposai à l'écart du chemin, sur le flanc de la montagne.

Un de posé, encore une dizaine à déplacer.

Je lançai un autre gros rocher sur le côté, puis un autre, et un autre. Le pincement que j'avais remarquée avant commença à s'insinuer dans mes ailes et dans ma poitrine. J'avais déjà tenu la transformation plus longtemps que la fois précédente. Mon corps s'épuisait. Bon sang, je n'avais pas encore terminé.

Mais j'avais géré le plus gros. Je fixai le tas restant, il n'était plus qu'à moitié aussi haut que lorsque j'avais commencé. Mes alphas avaient reculé pour me laisser de la place. Si je prenais tout simplement un bon départ...

Je m'envolais vers le chemin par lequel nous étions arrivés. Tandis que je faisais demi-tour, un léger mouvement attira mon regard. J'hésitai, scrutant ce qui se passait en-dessous de moi, mais je n'arrivais à voir que des ombres sur le chemin. C'était probablement le mouvement de ma propre ombre que j'avais vu.

Rassemblant mes forces, je me précipitai vers le tas aussi vite que mes ailes pouvaient battre. L'air sifflait autour de moi. Mon cœur dilaté palpitait d'allégresse. Mes lèvres de dragonne s'entrouvrirent dans ce qui devait être un sourire de dragon.

Je poussai mes pattes arrière vers le bas et en avant à la dernière seconde. Je m'écrasai sur la pile, les pieds en premier. L'impact irradia dans tout mon corps, mais je me redressai avant de tomber sur le dos. Les rochers restants dévalèrent le chemin dans un roulement de tonnerre tonitruant, se dispersant afin que nous puissions marcher entre eux.

Ce n'était pas trop tôt. Le même épuisement profond m'écrasa de nouveau. Je m'enfonçai dans le sol, voûtant mon dos tout en rétrécissant. Les écailles disparurent en se contractant dans ma peau. En un instant, tout ce qui restait de ma forme de dragonne, c'était le goût de fumée au fond de ma bouche.

Mon corps d'humaine se sentait épuisé lui aussi, mais pas suffisamment pour affaiblir mon sentiment de victoire.

— Je l'ai fait ! dis-je en me relevant. Voilà, la voie est dégagée, métamorphe dragonne à votre service.

Je fis une petite révérence.

— Pas mal, dit Aaron avec un petit rire.

Marco sourit et battit des mains pour une salve

d'applaudissements. Nate affichait un sourire rempli de fierté. Et West...

Les yeux de West étaient fixés sur mon corps qui, j'avais oublié dans mon élan d'enthousiasme, était totalement dénudé. Sous mon regard, il posa de nouveau brusquement son regard sur mon visage. Dans ce premier instant où nous nous fixâmes l'un l'autre, le désir persistait dans l'expression de son visage, trop intense pour qu'il puisse le réfréner entièrement.

Il se retourna avec un bruit sec, emportant ce désir avec lui.

3

Aaron

Lorsque j'entrai dans la tente, Serenity était assise en tailleur sur son sac de couchage au milieu de cette dernière, en train de regarder son téléphone en grimaçant.

Je m'assis sur mon sac de couchage, à sa droite.

— Il y a un problème ?

— Oh, je savais qu'il n'y aurait probablement pas beaucoup de réseau ici, mais j'espérais pouvoir tenir Kylie au courant de ce qui se passe au moins encore une fois avant de ne plus avoir de connexion du tout.

Elle soupira et rangea son téléphone dans la poche extérieure de son sac.

— Je suppose que je n'aurai plus batterie dans pas longtemps de toute façon. Il n'y a pas de prise électrique sous la main dans le coin !

— On a fait vite, dis-je, sentant la détresse sous sa plaisanterie.

Je l'avais suffisamment vue avec son amie pour savoir à

quel point elles dépendaient l'une de l'autre Désormais, Serenity pouvait compter sur nous quatre, ses alphas, mais bien sûr il faudrait du temps pour qu'elle s'y habitue. Elle avait juste trouvé suffisamment de confiance pour m'accepter pleinement en tant que son âme-sœur.

Cette pensée me fit me rapprocher d'elle. Je me penchai vers elle et je vis une lueur d'attraction mutuelle s'allumer dans ses yeux couleur ambre. Elle leva la tête pour répondre avidement à mon baiser.

Lorsque j'avais rencontré notre métamorphe dragonne pour la première fois, je m'étais demandé si l'attirance inébranlable que je ressentais pour elle, l'envie irrépressible d'être près d'elle, de la toucher, de lui donner du plaisir, se calmerait une fois que notre lien en tant que compagnons serait consommé. Apparemment, la réponse était non. Depuis la nuit précédente, mon désir pour elle ne s'était pas calmée du tout. J'avais réussi à garder mon engin dans mon pantalon pendant vingt-sept ans, et maintenant il agonisait à l'idée de passer ne serait-ce qu'une nuit sans l'entendre gémir sous de moi.

Elle émit un son proche d'un gémissement maintenant que je taquinai sa bouche avec ma langue. Ses doigts remontèrent le long de mon cou pour s'enchevêtrer dans mes cheveux. Elle m'attira encore plus près d'elle. Des étincelles de plaisir parcoururent mon cuir chevelu. Je pris sa mâchoire dans ma main et l'embrassai avec plus d'intensité. Puis je laissai ma main descendre par-dessus son T-shirt pour caresser ses seins. Son téton pointa sous ma paume.

Un gémissement remonta dans sa gorge. Elle s'arqua de manière encourageante à mon contact. Ses courbes étaient tellement douces sous mes doigts, mais j'arrivais tout de même à sentir la force qui parcourait tout son corps. Cette combinaison m'enchantait. Quelle femme était mon âme-sœur !

Je relevai légèrement l'ourlet de son T-shirt pour la toucher peau contre peau. Serenity laissa échapper un petit cri de surprise contre ma bouche lorsque le bout de mes doigts effleurèrent la pointe de son sein à travers son soutien-gorge. Ses doigts se refermèrent contre mes épaules. Puis elle se crispa.

Je reculai pour observer son visage.

— Tout va bien ?

Sa bouche se tordit. Le désir brûlait encore dans ses yeux.

— J'ai envie de continuer. Mais... West est censé dormir dans la tente la première moitié de la nuit, n'est-ce pas ? Il pourrait entrer pendant qu'on...

Elle nous montra tous les deux du doigt avec sourire en coin.

Ah. Il allait également lui falloir du temps pour s'adapter à cet aspect de notre relation. Je caressai sa joue et le côté de son cou.

— Tu sais, si tout se passe bien avec notre groupe, il y aura des moments dans le futur où les autres alphas ne feront pas que te voir avec moi... ils nous rejoindront aussi.

Elle remonta ses jambes contre sa poitrine.

— Je sais. C'est encore un peu difficile pour moi de me faire à cette idée. Ce n'est pas comme si j'avais déjà essayé un plan à *trois* avant, alors... un plan à cinq ?

Si Serenity avait grandi parmi les métamorphes en

voyant sa mère avec ses quatre pères, elle n'aurait pas éprouvé cette hésitation. Et ça, c'était la faute des renégats qui avaient massacré sa famille dans un bain de sang.

Ma mâchoire se crispa l'espace d'une seconde avant que je ne l'oblige à se détendre. Le passé était derrière nous, aussi horrible qu'il ait pu être. Tout ce que nous pouvions faire, c'était aller de l'avant à partir de là. Et faire en sorte qu'aucun des renégats qui restaient n'ait une autre chance de faire du mal à la métamorphe dragonne que nous avions encore.

Serenity ne méritait pas d'être bousculée, mais ce n'était pas bien de ma part non plus de l'encourager à me voir comme sa seule âme-sœur. Je déposais un baiser tendre sur ses lèvres.

— On peut te laisser du temps. Ne te sens pas obligée de presser les choses. Et je suis là pour toi si tu as besoin de moi. Mais je pense que ce serait bien pour toi que tu essayes de garder un esprit ouvert. Les métamorphes dragonnes ne sont pas faites pour n'avoir qu'une seule âme-sœur. Je ne suffirai pas pour te satisfaire à moi tout seul.

La lueur dans ses yeux devint espiègle.

— Tu t'en sors très bien jusqu'à maintenant.

Elle m'embrassa de nouveau, longuement et lentement. Puis elle poussa son sac de couchage aussi près du mien qu'elle le pouvait.

— Tu me prends dans tes bras jusqu'à ce que je m'endorme ?

Je m'allongeai à côté d'elle et enroulai mon bras autour de sa taille, inclinant mon visage à côté du sien.

— Jusque-là et après, Serenity.

Ren

Mon orteil heurta une arête sur le chemin, et je trébuchai vers l'avant. Un juron échappa de ma bouche, mais je retrouvai mon équilibre avant que la main secourable de Nate n'arrivât jusqu'à moi.

— Je vais bien, je vais bien.

— À l'évidence, celui qui a choisi cette route ne s'inquiétait pas trop de la facilité à se déplacer, dit Marco en levant ses sourcils tout en observant le paysage qui nous entourait. Une nouvelle décoration serait appropriée, ajouta-t-il.

Je ne pouvais pas le contredire. Si j'avais pensé que la marche de la veille avait été difficile, celle d'aujourd'hui était carrément brutale. Le chemin s'était transformé en une pente abrute durant la matinée, et juste après que nous nous soyons arrêtés pour un déjeuner rapide, les parois rocheuses en hauteur s'étaient rassemblées pour former une voûte au-dessus de nos têtes. À présent, nous marchions à travers une grotte. Une grotte avec un sol réellement inégal et avec pour seul éclairage, une faible lumière provenant de trous occasionnels dans le plafond. Nos pas résonnaient légèrement à travers le passage caverneux.

La température avait baissé au même moment. Un froid humide passait sur mon visage tandis que je marchais d'un pas lourd. À présent j'étais vraiment contente de cette doudoune. Mais la traction que je ressentais m'incitait à continuer d'avancer, avec plus d'insistance qu'avant. Peu importe ce vers quoi nous nous dirigions, nous nous en rapprochions définitivement.

— As-tu une meilleure idée de ce qu'on cherche ou à quelle distance ça pourrait être ? me demanda Aaron.

Je secouai la tête.

— La sensation que j'ai est encore celle d'une vague force qui m'attire. Mais je sais qu'on est sur le bon chemin.

Si ce sentiment n'avait pas suffi pour le confirmer juste une heure auparavant, j'avais remarqué un autre marquage là où l'énergie de Maman persistait. Elle était elle aussi rentrée dans la grotte environ sept ans plus tôt. Elle y était entrée et elle avait laissé sa marque pour que je la trouve.

Nous avions également vu deux éclats de magie féérique gravés dans les murs, même si aucun des hommes ne pensait qu'ils étaient récents.

Quelque chose divisait le tunnel brumeux gris devant nous. Je cherchai la chose du regard en plissant les yeux. Après quelques pas de plus, je compris de quoi il s'agissait : une strate rocheuse. La grotte se séparait en deux passages.

— Je ne suis pas un grand fan des labyrinthes, marmonna West.

Moi non plus, mais au moment où nous atteignîmes l'embranchement, la force à l'intérieur de moi m'attira très clairement vers la gauche.

— On va par-là, dis-je en montrant cette direction du doigt. C'est sûr.

— J'ai confiance en ton instinct, dit Aaron, mais je n'aime pas les risques supplémentaires d'embuscade lorsqu'il y a plusieurs passages parmi lesquels passer. Je pense qu'on devrait partir rapidement en reconnaissance des deux côtés, histoire de vérifier s'il y a des signes d'ennemis potentiels.

— Bien, dit West en suivant le passage menant vers la droite. Ne perdons pas de temps.

— Quinze minutes, et si tu n'as vu aucune raison de s'inquiéter à ce moment-là, on se retrouve ici, lui dit Aaron alors qu'il s'en allait déjà.

Puis, Aaron se dirigea vers le passage de gauche, me laissant avec Marco et Nate.

Le grand métamorphe ours croisa ses bras sur sa poitrine, me surplombant comme s'il y avait une menace immédiate contre laquelle il fallait me défendre. J'appréciais le fait qu'il ait envie de veiller sur moi, mais parfois son instinct protecteur était un peu étouffant.

— Je suis quasiment certaine qu'il n'y a rien dans le coin à part des rochers, dis-je. À moins qu'il n'y ait des démons de roche ou quelque chose dont vous n'avez pas pris la peine de me parler, ça devrait aller.

— Pas de démon de roche, dit Marco avec un grand sourire. Même si j'aimerais profiter d'une petite pause. Marcher, marcher, marcher, ça devient monotone.

— On a vu ces signes montrant que les fées sont passées par ici, dit Nate. Il vaut mieux être prudent que de te faire courir des risques.

Je ne pouvais pas dire que ce genre de pause me dérangeait. Je posai mon sac et fis rouler mes épaules qui craquèrent en rythme avec le mouvement.

— Besoin d'aide ? dit Marco d'un ton suggestif.

Je le regardai en levant les yeux au ciel, et son sourire s'élargit. Mais en vérité, un peu d'aide pour dénouer mes muscles n'aurait pas été de refus.

— Donne-leur tout ce que tu as, dis-je en faisant tomber ma veste d'un haussement d'épaules pour lui offrir un meilleur accès.

Les mains agiles de Marco se posèrent sur mes épaules par-dessus le tissu de mon T-shirt. Il enfonça ses pouces dans mes muscles en exerçant la pression idéale. Je gémis tandis que la sensation de chaleur se répandait à travers mes épaules, et il eut un petit rire. Soudain, l'air de la grotte semblait beaucoup plus chaud.

Un léger bruit se fit entendre depuis l'autre bout de cette dernière, de l'endroit par où nous étions venus. Le dos de Nate se raidit. Il se tourna vers le bruit, ses bras musclés fléchis. Aucun autre son ne suivit, mais il ne se détendit pas pour autant.

— Ce n'est probablement rien, dis-je. Juste un caillou qui a dû tomber du plafond.

— Je ferais mieux de jeter un œil pour en être sûr, dit Nate.

Puis il hésita, et son regard se posa sur Marco.

— Tu feras attention à Ren ?

— Bien sûr, dit Marco, l'air amusé. De toutes façons, il y en a un de vous dans chaque direction par laquelle un ennemi pourrait venir jusqu'à nous. Si vous commencez à crier, on saura qu'il faut qu'on bouge.

Nate lança un regard noir au métamorphe jaguar et s'engagea dans la grotte. Marco se reprit son massage. Il ne fallut pas longtemps pour que la forme musclée du métamorphe ours disparaisse dans l'obscurité. Marco se pencha plus près de moi, laissant ses doigts descendre vers ma clavicule.

— Enfin seuls, murmura-t-il dans mon oreille.

Un frisson d'anticipation me parcourut et j'esquissai un sourire.

— Et qu'est-ce que tu supposes qu'il va se passer exactement maintenant qu'on est seuls ?

— Je ne fais aucune supposition. Seulement des propositions. Que dirais-tu de passer le reste du temps que nous avons à attendre d'une manière que nous apprécierions beaucoup tous les deux ?

— Tu as vraiment une grande estime de tes capacités, dis-je pour le taquiner.

Puis sa main glissa juste en-dessous de mon soutien-gorge, suivant sur ma peau sensible le chemin menant jusqu'aux bouts de mes seins, et je retins mon souffle. Mon corps se mit à bouger de sa propre volonté. Je m'appuyai contre lui, inclinant ma tête pendant qu'il appliquait sa bouche contre le côté de mon cou.

— Pour une bonne raison, dit-il, son souffle chaud contre ma peau.

Il était tellement difficile de résister au désir passionné qui s'enflammait depuis mon centre. Et pourquoi y résister ? Comme Aaron l'avait dit la nuit précédente, ces quatre hommes étaient mes âmes-sœurs. Je devais être plus à l'aise avec eux tous. M'ouvrir à l'expérience.

Je me tournais pour lui faire face et attirai sa bouche vers la mienne. Il m'embrassa, un son avide résonnant depuis sa poitrine. Ses mains remontèrent le long de mon dos sous mon T-shirt et dégrafèrent habilement mon soutien-gorge. Comme le soutien se relâchait, il tendit de nouveau ses mains vers mes seins, faisant tourner ses pouces autour de mes tétons avant de les effleurer jusqu'à ce que je pousse un gémissement.

Mes hanches s'inclinèrent vers lui. Il laissa tomber une de ses mains pour saisir ma taille et nous faire tourner afin qu'il puisse m'appuyer contre le mur en pierre. Il taquinait mes hanches et mes cuisses. Je l'embrassai avec force, ne me souciant guère de la surface rugueuse derrière moi, voulant juste ressentir encore plus de sensations.

Les lèvres de Marco se détachèrent des miennes pour mordiller le long de ma mâchoire laissant une trainée de sensations.

—Oh, ma Princesse des Flammes, dit-il entre deux mordillements. Tu es extraordinaire. Il n'y a pas de mot pour te décrire. Je n'aurais pas pu imaginer meilleure âme-sœur.

Je marmonnai quelque chose d'inarticulé et d'encourageant, perdue dans un brouillard de plaisir. Mes paupières papillonnèrent. La lumière dans la grotte derrière Marco semblait battre en rythme avec elles et se solidifier pour prendre une forme humanoïde.

Nous n'étions plus seuls.

4

Un cri perçant jaillit de ma gorge. Je me détachai brutalement de Marco et de la silhouette au-delà de lui, cognant l'arrière de ma tête contre le mur de la grotte. Marco se retourna et se plaça entre la silhouette et moi dans un mouvement fluide. Ce qui devait être un cri d'alerte instinctif jaillit de lui, mais ses épaules s'affaissèrent lorsqu'il posa les yeux sur la femme étrange devant nous. Il redressa sa posture.

— Vous savez, je pensais vraiment que les fées avaient de meilleures manières, dit-il.

La fée. Oui, la femme qui se tenait de l'autre côté du passage était aussi mince et pâle que l'homme à qui ma mère parlait dans mon souvenir. Sa peau, ses cheveux et sa robe vaporeuse avaient le même éclat bleuté, quelque peu atténué par la pénombre de la grotte.

Je cherchai maladroitement à refermer mon soutien-gorge, mon visage devenant écarlate. Ce n'était pas exactement de cette manière que j'avais souhaité que ma première rencontre avec une fée se passe, pas alors que j'étais censée représenter toute la communauté des métamorphes.

La femme ne semblait absolument pas ébranlée ni confuse par notre pelotage qu'elle avait interrompu. Son expression était platement vide.

— J'ai une affaire importante à vous communiquer, dit-elle d'une petite voix chatoyante.

Des pas martelèrent le sol en pierre de chaque côté de nous. Nate apparut en premier, puis Aaron et West, et ils ralentirent tous avant de s'immobiliser en voyant notre visiteuse. Marco leur fit signe de se rapprocher, mais je vis que sa mâchoire était encore un peu crispée. Il n'était pas totalement à l'aise, peu importe à quel point il voulait paraître nonchalant.

Comment la fée avait-elle fait pour passer outre tous les alphas ? Y-avait-il un autre passage que nous avions manqué ? Ou était-ce là une sorte de magie ? Il ne semblait pas avisé de poser la question aux hommes devant elle. Il était inutile qu'elle sache à quel point j'étais ignorante sur tout ce qui touchaient au surnaturel.

Les lèvres de West s'étaient retroussées montrant ses dents à la manière d'un loup. Sa posture était complètement tendue.

— Que faites-vous ici ? dit-il entre ces dents serrées.

Nate s'avança, se dressant au-dessus de la femme fluette. Je savais d'après sa posture qu'il était prêt à se transformer en grizzly à l'instant précis où il sentirait qu'il le devrait. Aaron posa une main sur son bras, mais les yeux du métamorphe aigle brillaient d'une lueur déterminée. Il n'avait peut-être pas envie de se précipiter dans une confrontation, mais il s'y était préparé.

— Apparemment, elle a des informations importantes à transmettre, dit Marco avant de faire un signe de tête en direction de la fée et de s'adresser à elle. Alors allez-y.

Elle pencha la tête en réfléchissant et en observant mes alphas.

— Je viens avec l'intention d'aider. Inutile d'être sur la défensive.

— On jugera de ça par nous-mêmes, dit West.

Aaron s'avança, faisant un geste brusque vers le métamorphe loup comme pour lui demander de se calmer.

— Nous écoutons, dit-il d'une voix égale, mais peu amicale. Que voulez-vous nous dire ?

— Nous avons découvert quelqu'un de votre espèce en train de se fureter après vous dans les grottes avec une arme, dit la fée. Quelqu'un qui n'a aucun lien avec une des familles. Il avait clairement de mauvaises intentions.

Un renégat. Mon dos se raidit.

— Où est-il ?

— Vous n'avez plus à vous soucier de lui. Nous nous sommes débarrassés de lui de manière appropriée.

Elle bougea sa main pour dessiner un arc dans l'air et fit apparaître une image ressemblant à un enregistrement vidéo flou flottant dans les airs. Une belette courait le long du mur de la grotte. Elle avait un petit couteau coincé dans ses mâchoires. Un frisson courut le long de ma colonne.

Je reconnaissais cet animal. Un des renégats qui nous avaient tendu l'embuscade dans le passage montagneux s'était transformé en belette pour s'enfuir. J'étais sûre qu'il s'agissait du même animal. Alors il nous avait suivi dans la grotte, portant encore une autre arme interdite. Au moment où nous aurions tous baissé notre garde, même l'espace d'un instant, je n'avais aucun doute sur le fait qu'il aurait essayé de terminer le travail que le groupe de renégats avait tenté d'exécuter.

Me tuer.

Dans l'image invoquée, un homme fée apparut devant la belette. Sa bouche bougeait, mais la vidéo ne contenait aucun son. La belette sursauta et se précipita dans une fissure. L'homme lança un éclair d'une lumière brillante vers l'animal. L'éclair frappa la belette et la consuma dans un bref flamboiement. Lorsque la lumière disparut, il ne restait rien de l'ennemi.

La fée fit de nouveau un geste et l'image se dissipa. Elle étendit ses bras comme pour dire *Et voilà*.

— On aurait préféré qu'il soit capturé vivant pour pouvoir l'interroger, dit Aaron.

Il parvenait à conserver son ton égal, mais l'aspect sec de sa voix était plus prononcé. Et pourquoi n'aurait-il pas dû être énervé ? Le métamorphe belette avait beau être notre ennemi, la fée ne pouvait pas être sûre de ses intentions. C'était à *nous* de régler ça comme nous le jugions bon. Et ils l'avaient abattu d'une seule attaque magique.

Et s'ils décidaient que nous méritions le même traitement ?

— Il n'était pas disposé à coopérer, comme vous avez pu le voir, dit la femme fée. Mon compagnon a pu sentir l'intention meurtrière en lui. Nous pensions faire un acte de bonté envers vous.

Elle marqua une pause, ses yeux vitreux brillèrent d'une manière qui mit mes nerfs à vif, avant de rajouter :

— Vous êtes les alphas des familles métamorphes, n'est-ce pas ? Et la métamorphe dragonne disparue depuis longtemps.

J'aimai encore moins la manière dont son regard s'attarda sur moi. Apparemment, les hommes ressentaient la même chose car ils se rapprochèrent autour de moi au même moment.

— Oui, c'est bien nous, dit Marco.

Je supposais qu'elle devait être capable de sentir quel était leur statut, peut-être grâce aux cicatrices dans leurs mains qui symbolisaient leur serment.

— Et c'est bien elle. Et d'après ce que nous en savons, personne n'a directement revendiqué cette montagne. J'espère que nous n'avons pas fait intrusion.

— Pas du tout, dit la femme fée, mais je pensais avoir vu l'aura qui l'entourait vaciller quelque peu. Nous nous aventurons parfois dans les montagnes, mais nous ne les considérons pas comme faisant réellement partie de notre territoire. Il y assez de place pour nos deux groupes.

— Alors en gros, c'est un lieu de villégiature pour vous, dit Marco.

Il regarda la grotte autour de nous en haussant ses sourcils.

— Vous avez des goûts intéressants.

— Le paysage a des qualités qui séduisent à leur manière. Je suppose que vous avez remarqué d'autres signes de notre présence lors de vos voyages.

— Nous ne pensions pas que vous étiez venus ici

récemment, ajouta Nate, sinon nous vous aurions contacté.

— Avez-vous fait passer le mot aux membres de votre peuple dans d'autres lieux ? demanda la femme fée avec un sourire réservé. Je sais que nous avons eu nos désaccords dans le passé. Si d'autres métamorphes doivent arriver, il serait préférable que nous sachions qu'ils sont ici sur votre demande. Pour éviter toute rencontre gênante.

Comme une fée décidant de carboniser un autre métamorphe ?

— Nous n'attendons personne, dit Aaron. Mais s'il vous plaît, si vous tombez sur un autre renégat rôdant dans les environs, faites-le nous savoir avant de faire quoi que ce soit.

La femme fée inclina sa tête d'une manière qui ne me sembla pas désolée. Je sentis mes poils se hérisser. Peut-être que les métamorphes dragonnes et les fées avaient œuvré ensemble il y avait longtemps, mais aujourd'hui, je ne leur faisais pas du tout confiance.

— Est-ce qu'il y a une raison particulière pour que vous soyez ici *maintenant* ? demanda West, d'une voix tendue.

Il était évident qu'il partageait mes sentiments.

— Nous ne faisions que passer, et nous avons remarqué que vous en faisiez de même.

La femme fée pencha la tête.

— Les quatre alphas et leur âme-sœur longtemps perdue, ici ensembles... Vous devez faire ce voyage pour une affaire d'une certaine importance.

Elle le dit comme une affirmation, mais la question était clairement sous-entendue. Mes mains se crispèrent.

Elle déclarait vouloir nous aider, mais chacun de mes sens me criait qu'elle avait d'autres intentions. Je n'avais aucun intérêt à partager l'histoire de ma mère avec elle.

— Serenity est encore en train de s'habituer à son nouveau rôle, dit Aaron.

Il était le seul à m'appeler par mon prénom entier, le nom que ma mère m'avait poussé à garder secret pendant tout le temps où nous nous cachions, et parfois j'avais encore l'impression qu'il parlait d'une étrangère. En cet instant, face à la fée, j'appréciais son côté formel.

— Il n'y a pas beaucoup d'endroits où une métamorphe dragonne peut exercer ses pouvoirs sans avoir à se préoccuper de la discrétion, ajouta-t-il.

— Je suppose que votre peuple doit au moins savoir que vous êtes venus jusqu'ici, dit la femme fée. Ils doivent attendre votre retour.

— Nous serons vite rentrés, dit Marco.

Je réprimai un froncement de sourcils. Où voulait-elle en venir ?

Peut-être était-il temps que nous commencions à poser plus de questions. Je ne voulais pas lui en dire long à propos de Maman, mais il était possible qu'elle sache des choses que j'ignorais.

— Ma mère est venue ici au moins une fois au cours de ces dernières années, dis-je. Elle aussi elle aimait se rendre dans les montagnes. Je suppose que vous ne « l'avez pas vue *passer* » à ce moment-là ?

La femme fée pinça ses lèvres.

— Je n'arrive pas à me rappeler la dernière fois où j'ai vu une métamorphe dragonne dans ces hauteurs. Je peux demander à mes compagnons s'ils en savent davantage.

Sa réponse était incroyablement vague. Et si elle était capable de savoir que les alphas étaient des alphas rien par instinct, il était évident qu'elle avait relevé les marques que Maman avait laissée sur les parois rocheuses. Peut-être qu'elle ne faisait que supposer que nous les avions déjà vues ?

— On dirait que vous connaissez mieux cette montagne que nous de manière générale, dit Aaron. Est-ce qu'il y a quelque chose que nous devrions savoir pour passer en toute sécurité à partir d'ici ?

La bouche de la femme se retroussa pour former un autre sourire, mais celui-ci semblait encore plus froid que le dernier.

— Vous êtes les cinq métamorphes les plus puissants au monde. Je suis sûre qu'il n'y a rien dans ces montagnes qui pourrait représenter une menace pour vous. J'imagine que je ne devrais pas retarder davantage votre voyage. Nous allons poursuivre notre route maintenant, donc je doute que nos chemins se croisent de nouveau.

— Merci pour vos services d'épuration du renégat, dit Marco.

— De rien, répondit la femme fée sans la moindre once d'ironie.

Elle recula vers l'endroit où un fin rayon de soleil pénétrait à travers le plafond de la grotte. Après un saut rapide, sa forme vacilla puis disparut dans la lumière.

— Est-ce qu'on devrait...s'inquiets ? demandai-je en fixant le ruban formé par les rayons du soleil.

Était-elle toujours ici, mais seulement invisible, ou pouvions-nous assumer qu'elle était complètement partie ?

Je ne voulais pas parler trop librement dans la première des éventualités.

— On va devoir attendre pour voir, dit Aaron, d'un air un peu sinistre. Continuons d'avancer pendant que nous avons de la lumière.

5

Ren

La bouche de quelqu'un était en train de se déplacer sur ma peau nue. La rendant brûlante avec son souffle chaud et l'effleurement de ses dents. Ma respiration était déjà en train de devenir saccadée.

Il m'embrassa en redescendant le long de mon cou, puis entre mes seins et sur mon ventre. Sa langue me brûlait partout où elle me touchait. Ses doigts descendirent le long de mes côtes, encore plus chauds que sa bouche. Ils s'arrêtèrent sur mes hanches tandis que son visage planait au-dessus de mon sexe.

Un frisson d'anticipation et de désir me parcourut toute entière. Je m'arquai en guise d'encouragement, et il me prit dans sa bouche.

Sa langue glissait sur mon clitoris, envoyant des étincelles de bonheur à travers tout mon corps. Je gémis tandis qu'il me léchait plus fort. Il me dévorait la perle comme s'il voulait m'avaler tout entière, et j'étais totalement pour cette idée. Je continuai de gémir, enroulant mes doigts dans les mèches douces et lisses de ses cheveux. Un désir plus profond se mit à gonfler en moi. Un désir ardent de le sentir à l'intérieur de moi, tout entier. De savoir qu'il était mien et que j'étais sienne, maintenant et pour toujours.

— Je t'en prie, murmurai-je. Je t'en supplie.

Je tirai sur ses cheveux et il leva la tête. Les yeux vert foncé de West brillaient et ses lèvres se retroussèrent pour former un sourire satisfait et...

Je me réveillai en sursaut, mon cœur battant à tout rompre. L'air frais des montagnes apaisait mon visage empourpré. Le poids de l'épais sac de couchage m'enveloppait. J'étais entièrement couverte et entièrement seule. Ce n'avait été qu'un rêve.

Mais bon sang, quel rêve. Mon slip était trempé sous le legging que je portais pour dormir. Les élancement du désir s'attardait au plus profond de mon ventre. Je ressentais l'envie irrépressible de tendre ma main vers le bas et de m'occuper des choses moi-même, mais je n'étais pas *vraiment* seule sous la tente. Marco était allongé sur le flanc à côté de moi, avec un souffle proche d'un murmure qui me rappelait les petits miaulements que faisaient les chats en dormant. Et West, le vrai West...

Je tournai instinctivement la tête pour le regarder, comme pour confirmer qu'il était définitivement toujours le mec grincheux et froid que j'avais même dû forcer pour qu'il m'embrasse l'autre jour. Même si ça avait un baiser mémorable après qu'il eut cédé. Mes yeux trouvèrent sa forme dans le noir, il était allongé lui aussi sur le côté, à quelques mètres de moi.

Mais pas endormi. Il y avait juste assez de lumière provenant du feu de camp qui filtrait à travers le mur de la tente pour que je puisse deviner les traits de son visage. Pour que je puisse le voir en train de me regarder lui aussi.

Mon pouls s'accéléra de nouveau lorsque nos yeux se croisèrent. Je m'attendais à ce qu'il détourne les siens, à ce qu'il roule sur le côté et à ce qu'il m'ignore. Au lieu de ça, ils restèrent rivés aux miens. Ils ne contenaient pas la même chaleur remplie de désir que dans mon rêve, mais des picotements parcoururent ma peau tout de même. Son expression était tendue, mais je voyais également la même avidité que celle que j'avais vue lorsqu'il m'avait regardée nue après ma transformation. Comme s'il n'était qu'à un cheveu de tendre la main et de m'attirer brutalement vers lui.

Comme s'il venait de se réveiller exactement du même rêve que moi. Soudain, j'eus la certitude que c'était ce qui s'était passé. J'arrivais à sentir son excitation dans l'air, une bouffée d'odeur de pin. Mais il luttait contre cette dernière.

J'humidifiai mes lèvres, et son regard tressaillit pour se poser sur ma bouche. Avant que je ne puisse décider de quoi faire à propos de ce moment étrange, mais oh tellement tentant, Marco bougea de l'autre côté de moi. Il se rapprocha et frotta son nez contre mon cou.

— Quelqu'un éprouve l'envie d'un peu d'action au milieu de la nuit ? murmura-t-il de sa voix langoureuse.

Je me dis qu'il n'y avait pas que l'excitation de West qui parfumait l'air. Mes nerfs se mirent à vrombir par anticipation. J'avais envie de quelque chose, il n'y avait aucun doute là-dessus.

Je m'arquai vers Marco en guise d'encouragement, et il embrassa le creux de ma mâchoire. La fermeture de mon sac de couchage siffla tandis qu'il l'ouvrait pour avoir un meilleur accès.

Je penchai ma tête en arrière pour lui offrir plus de surface sur mon cou. Marco me brûla avec sa bouche chaude, plaçant son corps contre le mien. Sa main remonta sous mon T-shirt. Il gémit au moment où ses doigts effleurèrent mes seins libres. Il les caressa avec dextérité, faisant remonter une sensation de plaisir dans toute ma poitrine, et je poussai un gémissement. Mon regard glissa et recroisa celui de West.

Il regardait toujours. Ses pupilles s'étaient dilatées, et je parvenais à entendre l'accélération de sa respiration en rythme avec la mienne. Le fait d'avoir conscience de son désir m'excitait encore plus. Je poussai un petit cri au moment où Marco pinça un de mes tétons.

— Dis-moi ce que tu veux, princesse, dit-il d'une voix rauque. Tout ce que tu veux. Je le ferai.

Je ne pensais pas avoir jamais eu autant envie de quelque chose que West franchisse la distance entre nous et ajoute sa bouche et ses mains à la donne. Le simple fait de penser à ça me rendit deux fois plus mouillée entre mes jambes. En cet instant précis, mes hormones primaient sur le bon sens. Je tendis mon bras vers West pour lui faire signe d'approcher.

Avant même que je ne termine mon geste, il recula et son regard se détourna brusquement.

— Ne fais pas ça, dit-il, d'une voix épaisse sous l'effet de la tension.

Il s'extirpa de son sac de couchage et bondit sur ses pieds avant de quitter la tente en faisant claquer les rabats.

Marco eut un petit rire dans sa barbe.

— Il changera d'avis, princesse. Surtout après avoir vu à quel point nous autres prenons du plaisir. Mais ne t'en fais pas, je peux t'emmener au septième ciel tout seul.

Il me fit venir à lui et captura ma bouche avec la sienne. La chaleur de son baiser m'envahit. Il était difficile de beaucoup réfléchir à West alors que j'avais cet homme-là juste devant moi.

J'embrassai Marco en retour, laissant toute mon envie et mon désir se répandre dans les endroits où nos corps se touchaient. Il laissa sa main glisser plus bas, taquinant mon ventre et suivant le contour de la ceinture de mon legging. Comme je l'embrassai avec plus d'intensité, il plongea sa main directement sous le tissu. Il prit mon sexe dans sa main, souriant contre ma bouche tandis que je poussai un gémissement.

Sa bouche réclama de nouveau la mienne, sa langue s'emmêlant avec la mienne. Ses doigts caressèrent les parties plus sensibles entre mes jambes avec une pression croissante. Je m'agrippai à lui, tremblant de plaisir tandis que je chevauchai sa main.

— C'est ça, princesse, murmura Marco. C'est bien ma meuf, ça.

Il continua ses caresses légères tandis qu'il m'embrassait en descendant vers ma poitrine et qu'il remontait mon T-shirt avec son autre main. Son souffle se répandait sur ma peau nue. Il fit un cercle avec sa langue autour de mon sein avant d'aspirer le téton dans sa bouche.

Un petit cri de plaisir échappa brusquement de mes lèvres. Je me sentais prête à exploser.

— Tu es tellement savoureuse. J'ai envie de te goûter partout.

Marco donna à mon sein un autre coup de langue, puis il plongea plus bas. Je gémis de désarroi lorsque sa main quitta mon sexe, mais ce n'était que pour baisser mon legging. Une seconde plus tard, il descendait son visage vers mon entrejambe.

Comme West dans mon rêve. Des fragments de cette intimité imaginaire envahirent brusquement ma tête tandis que Marco passait sa langue sur mon clito. Je poussai un petit cri et m'arquai, et il me lécha plus bas, taquinant mon ouverture. Emportée par la vague de plaisir grandissante, j'avais presque l'impression que West et lui étaient là, mon rêve et la réalité fusionnant pour ne plus faire qu'un. L'envie dans mon ventre revint, deux fois plus forte. Mes hanches prirent un rythme saccadé, voulant plus. Voulant tout.

J'agrippai les cheveux de Marco, mais il n'abandonna pas son exploration de mon sexe. Il lapa mon clitoris jusqu'à ce que je me mette à trembler. Un doigt, puis deux testèrent ma mouille puis glissèrent à l'intérieur de moi. Je gémis de nouveau tandis que le plaisir augmentait.

Marco me mordilla, juste avec suffisamment de force pour envoyer une brève étincelle de douleur à travers le plaisir, et ça me fit perdre le contrôle. Je jouis, tremblant contre sa bouche. L'orgasme déferla sur moi, et les étoiles que Marco m'avait promises scintillèrent sous mes paupières.

Marco sourit et embrassa de nouveau mon sexe tandis

que mes tremblements se calmaient. Il se détendit à côté de moi, attirant mon corps parcourut de bouffées de chaleur contre le sien et effleurant mes lèvres avec les siennes. Mon goût acidulé s'attardait dans sa bouche. Je m'appuyai davantage contre lui, comblée et pourtant toujours avide. Son membre dur formait une bosse contre la braguette de son pantalon. Ses hanches se frottaient contre les miennes tandis que ses mains caressaient mes fesses, envoyant de nouvelles décharges dans tous les nerfs de mon corps.

Ça aurait été si facile de retirer son pantalon et de m'ouvrir pour lui afin de renforcer notre lien entre âmes-sœurs et de nous lier ensemble pour la vie.

— Ren, murmura-t-il contre ma bouche.

J'entendais le désir dans sa voix. Une énorme part de moi en avait envie elle aussi. Mais tandis que nous roulions avec lui au-dessus de moi désormais, mon regard tomba sur le sac de couchage vide de West.

Tous ces ébats avaient commencé avec le métamorphe loup. Avec lui et avec ce rêve torride. Et voilà que j'étais en train de faire des choses avec Marco au lieu de ça.

Étais-je vraiment capable de savoir ce que je voulais en cet instant précis, dans la chaleur du moment ? Le lien entre âmes-sœurs était pour la vie. Quand je l'accepterai avec chacun d'eux, je voulais être absolument sûre, sans la moindre place pour le doute. Sans qu'aucune lubricité malavisée n'obscurcisse mes pensées.

Marco ajusta sa position au-dessus de moi afin que nos corps soient parfaitement alignés. Son érection appuyait entre mes jambes. J'étais submergée par sa chaleur.

Je touchai sa joue et le repoussai tendrement après un

autre baiser. Il me sourit, ses yeux brillant tellement de désir que la culpabilité me noua l'estomac. Son sourire vacilla lorsqu'il vit l'expression de mon visage.

— Princesse ?

Je pris une inspiration tremblante.

— Je suis désolée. Je ne pense pas être prête. Pas encore.

Il n'arriva pas à cacher la déception qui avait brutalement envahie son visage avant de pouvoir la dissimuler derrière sa nonchalance habituelle. Il caressa ma main avec le bout de son nez et son sourire réapparut.

— Ren, je ne vais pas insister. Mais tu comprends pourquoi j'ai tellement envie de toi, n'est-ce pas ? Mon adorable Princesse des Flammes. Tu n'as pas la moindre idée de ce que tu représentes déjà pour moi.

Ces douces paroles firent battre mon cœur.

— Tu me connais à peine, ne puis-je m'empêcher de souligner.

— Je te connais suffisamment.

Il pencha sa tête plus près de la mienne, pas pour m'embrasser, mais pour murmurer dans mon oreille. Sa riche odeur de café épicé envahit mon nez. J'avais pratiquement l'eau à la bouche.

— Je sais que tu es la femme la plus déterminée que j'aie jamais rencontrée, dit-il. Je sais que tu feras tout pour défendre ceux que tu aimes. Je sais que tu as la langue assez pendue pour rivaliser avec moi parfois. Je n'ai jamais tenu à quelqu'un comme je tiens à toi. Tu peux prendre ça comme un serment.

Le flot de ses mots contre mon oreille me donnait des frissons. Il bougea au-dessus de moi, et je manquai de gémir en sentant son sexe toujours dur contre moi. Mes doigts s'accrochèrent à ses épaules. Il se balançait doucement contre moi, envoyant des picotements dans mon entrejambe. Il devenait de nouveau difficile de réfléchir. Une si grande partie de moi criait pour ressentir de nouveau du plaisir.

— Et j'espère que tu as au moins quelques sentiments positifs à mon égard, ajouta légèrement Marco.

— Je pensais que c'était assez évident, bredouillai-je, mais cette réponse désinvolte ne semblait pas assez bien. Ce n'est pas toi. C'est juste que cette situation tout entière... ne me semble toujours pas normale. Je ne me suis jamais engagée avec personne, encore moins avec *quatre* mecs en seulement quelques jours. Tu as grandi en sachant que ce serait comme ça. Je n'arrive pas à me faire à cette idée aussi vite.

— Je sais, princesse. Je sais.

Il s'immobilisa et m'embrassa sur la joue.

— J'attendrai. Je ne peux juste pas m'empêcher d'avoir envie de commencer notre vie ensemble dès que possible maintenant que je t'ai trouvée.

Ma gorge se serra un peu en entendant l'émotion dans ces mots.

— Je serai bientôt prête, dis-je. Je suis en bonne voie.

Du moins, j'espérais que c'était le cas. Les sentiments dans ma poitrine me semblaient soudain beaucoup plus confus. Le désir était quelque chose de facile. L'amour... Serai-je vraiment capable de gérer le fait de donner mon cœur tout entier à ces quatre hommes, aussi attirée que je pouvais l'être par eux tous ?

6

J'avais vécu plein de choses douloureuses dans ma vie. Quoi que l'on puisse évoquer, j'étais probablement passé par-là. Mais je n'avais jamais connu une torture aussi exquise que celle de me réveiller à côté de mon âme-sœur qui n'était toujours pas totalement mon âme-sœur.

Ren était toujours endormie. Son expression était douce et ses cheveux formaient une masse mêlée d'ondulations châtain foncé sortant du haut du sac de couchage. J'avais envie de l'embrasser doucement comme l'ange auquel elle ressemblait... et j'avais aussi envie de l'attirer vers moi et de la dévorer jusqu'à ce qu'elle accepte de terminer ce que nous avions commencé la nuit précédente et que nous étions tellement proches de terminer.

Mon sexe durcit au seul souvenir de la sensation de son corps. Son odeur envahit mon nez, son goût ma bouche et je repensai également au petit cri qu'elle avait poussé en jouissant. Je pouvais la faire crier plus fort que ça. Tout ce dont j'avais besoin, c'était qu'elle me laisse une chance.

Il allait falloir du temps pour qu'elle se laisse convaincre. C'était compréhensible. Ce que nous attendions tous depuis près de deux décennies, elle n'avait eu que quelques jours pour l'intégrer. J'étais un félin, n'est-ce pas ? Je savais comment laisser de l'espace à quelqu'un.

Aussi douloureux que le fait de laisser cet espace pouvait être.

Je m'étirai sur le sol dur, souhaitant que mon érection se calme. Cette femme fée... le fait de penser à elle était un bon tue-l'amour. J'aurais parié que si elle touchait mon sexe, il se ratatinerait comme une feuille d'automne tombée de son arbre.

Voilà, ça faisait l'affaire. Tout se calmait en bas. Je sortis du sac de couchage et m'éclipsai de la tente.

Nate avait une poêle qui grésillait au-dessus du feu. Nous avions emporté un bon stock de bacon fumé, mais même si celui-ci n'avait pas besoin d'être cuit, il était deux fois meilleur grillé. L'odeur salée de la viande chatouilla mon nez. Mon estomac se mit à gargouiller. D'ordinaire, je n'étais pas un grand marcheur, et toute cette ascension dans la montagne m'avait laissé affamé.

Si je ne pouvais pas dévorer Ren comme je le voulais, au moins je pourrais me faire plaisir avec le petit-déjeuner.

— Où sont notre loup et notre aigle ? dis-je en m'affalant à côté du feu et en étirant mes jambes.

La fumée remontait en volutes vers une petite ouverture dans le plafond de la grotte au-dessus de nous.

— Et combien de temps va-t-il falloir avant que tu cèdes une partie de ce bacon ?

— Tu peux en prendre tout de suite, dit Nate avec une ébauche de sourire.

L'ours semblait plus détendu ce matin-là, même s'il était resté debout la seconde moitié de la nuit pour son tour de garde. Il retira deux tranches de bacon hors de la poêle avec une grâce surprenante avant de les lancer vers moi. Je les attrapai au vol et commençai à manger. La viande de porc chaude et croustillante me brûlait la langue, mais cela en valait la peine.

— Gâteaux secs, ajouta Nate en jetant le sac vers moi.

Les morceaux farineux étaient deux fois moins tentants que la viande, mais ils constitueraient une bonne source d'énergie pour le début de la journée. Nate commença également à manger sa part tout en balançant d'autres tranches de bacon sur la poêle.

— Aaron et West font une petite ronde rapide dans le secteur, un peu plus loin dans la grotte dans les deux sens. Aaron ne voulait pas prendre de risque après ce qui s'est passé hier.

À cause de la fée ou à cause de la belette ? Les deux étaient des motifs d'inquiétude. Je coupai un gâteau sec en deux et enfonçai mon bacon à l'intérieur pour créer un sandwich de fortune. J'engloutissais ce dernier en une minute et m'en préparai un autre. Nate me lança un regard déconcerté au moment où je commençai à regarder de nouveau la poêle.

— On a *tous* besoin de manger, dit-il. Ren dort encore ?

Je hochai la tête.

— Je me suis dit que la princesse méritait son sommeil réparateur.

Nate se hérissa légèrement comme si j'avais formulé cette remarque comme une insulte.

— Elle s'en sort bien.

— Bien sûr, dis-je en faisant un geste de la main pour balayer son commentaire.

Ren avait été encore moins préparée pour ce genre d'effort physique que nous autres. Et elle s'était transformée en dragonne deux fois le premier jour. Je l'aurais laissée dormir jusqu'à midi sans aucun jugement si j'avais pu. Mais il fallait qu'on arrive rapidement à la fin de ce voyage. Les gâteaux secs devenaient déjà un peu amers et rassis

— West était en train de dormir à côté du feu quand je suis revenu de ma ronde, dit Nate sur le ton de quelqu'un cherchant des réponses. Au lieu d'être dans la tente.

Je haussai les épaules.

— Tu sais comment est le loup. Il a toujours des soucis avec le fait que notre Princesse des Flammes soit près de son espace personnel.

L'alpha canin était un idiot. L'âme-sœur que nous avions tous attendue toute notre vie était juste là, devant nous, le suppliant pratiquement de venir vers elle, et il avait tourné les talons dans la direction opposée. Il devait la désirer au moins autant que moi. Je n'arrivais absolument pas à comprendre ce genre de négation de ses propres désirs

Des bruits de pas résonnèrent sur le sol rocailleux. Aaron apparut, son expression pensive interrompue par l'odeur de la nourriture. Il avança d'un pas tranquille vers le feu et prit un morceau directement dans la poêle. Frimeur.

Je dévisageai le métamorphe aigle pendant qu'il s'accroupissait près du feu. Qu'avait-il bien pu faire exactement pour que Ren le choisisse en premier ? Le choisir lui... et continuer d'avoir des doutes sur nous autres. J'étais au moins au même niveau que cette tête de moineau.

— Aucune raison de s'inquiéter devant, dit-il. Du moins d'après ce que j'ai vu.

— Ni derrière nous, dit West en émergeant de l'ombre dans l'autre direction avant d'étirer son cou en faisant craquer ses articulations. On mange et on y va. Où est Ren ?

— J'arrive, j'arrive, marmonna une voix provenant de la tente.

Notre métamorphe dragonne poussa le rabat de la tente et apparut, passant ses doigts dans les ondulations mêlées de ses cheveux. Même à peine réveillée et habillée avec des vêtements froissés, elle était le plus beau spécimen de la gente féminine que j'avais jamais vu. Je l'admirai, appréciant la vue.

Elle leva la tête renifla.

— Encore du bacon ?

— On fait avec ce qu'on a, Étincelles, dit West dont l'expression déjà bourrue se referma encore plus.

Ouais, le loup avaient quelques problèmes à régler. Dommage pour lui. Ça me laissait plus de champ libre pour passer à l'action.

Ren approcha d'un pas tranquille.

— Oh, je ne me plains pas. Je ne mangerais que du bacon tout le reste de ma vie si je ne risquais pas de finir avec le scorbut.

Elle s'assit jambes croisées entre Aaron et moi et se mit à chantonner gaiement quand Nate lui passa quelques tranches.

Même la manière dont elle croquait dans le bacon était suffisamment sexy pour me rendre à moitié dur. Bordel, ce truc de lien entre âmes-sœurs était brutal. De la manière la plus cruellement tentante.

Une sensation beaucoup moins agréable me tordit l'estomac. Mon corps se figea. Je fronçai le sourcil tandis que mon ventre gargouillait et donnait l'impression de tourbillonner. Je n'aimais pas du tout ça. Qu'est-ce qui se passait subitement avec mes intestins ?

— Qu'est-ce qui ne va pas, Marco ? demanda Aaron, en digne monsieur Regard-d'aigle.

— Rien, dis-je avec un geste dédaigneux. Juste une petite...

J'étais sur le point de dire qu'il ne s'agissait que d'une indigestion. Mais avant que les mots ne puissent sortir de ma bouche, une bouffée de chaleur fiévreuse parcourut tout mon corps. Mon estomac fit purement et simplement une embardée, donnant l'impression de remonter dans ma gorge dans un haut-le-cœur. Il n'y avait rien que je ne puisse faire à part me retourner avant de vomir ce que je venais de manger sur le sol.

~

Ren

Marco se plia en deux avec un gargouillement écœurant. Je sautai sur mes pieds, mon pouls hoquetant. Mes doigts s'enfoncèrent dans le gâteau sec que je venais de prendre. La saveur salée du bacon devint aigre dans ma bouche.

Les autres hommes se levèrent également d'un bond. Aaron courut à côté de Marco.

— Je vais bien, protesta le métamorphe jaguar juste avant d'avoir de nouveau des haut-le-cœur et d'étreindre son ventre.

West le dévisagea, et sa posture raide. Nate fit un pas vers lui et s'arrêta, sa main tombant vers son propre abdomen. Des gouttes de sueur se mirent soudainement à briller sur son front.

— Il ne va pas bien, dit-il. Et je crois que moi non plus.

— La nourriture, coupa West d'un ton sec.

Il se baissa à côté du sac que nous avions rempli de nos denrées alimentaires, se penchant plus près pour le sentir. Il renifla le paquet qui contenait le bacon avant de le mette de côté et de tendre la main vers les gâteaux secs. Au moment où il appuya son nez contre l'ouverture du sachet, ses yeux se plissèrent. Il inhala de nouveau, lentement et minutieusement.

— Ils sont contaminés, dit-il.

Je n'eus pas le temps de me demander comment, ni ce que ça voulait dire exactement. Nate fit brusquement le tour du feu et donna un coup au gâteau sec que je tenais entre mes doigts et je le lâchai. Je le regardai en clignant des yeux, secouant ma main endolorie.

— Désolé, dit-il, sa bouche tordue en une moue. C'est juste que je... Je ne pouvais pas te laisser...

Il tituba vers le mur de la grotte et s'effondra. La tête d'Aaron s'était brusquement tournée vers West.

— C'est quoi ? À quel point c'est grave ?

— Une sorte de toxine, dit West.

Il sortit un des gâteaux secs et le cassa pour le renifler encore une fois, soigneusement.

— Une substance naturelle, pas artificielle. Difficile à détecter si on ne la cherche pas. Ce qui était à l'évidence tout l'intérêt.

— Ils ont été *empoisonnés* ? explosai-je. Qu'est-ce qu'on va faire ?

— Combien en as- tu mangé ? demanda West à Marco.

— Deux, balbutia Marco.

Il s'essuya la bouche, ses cheveux noirs retombant sur ses yeux tombants. Il continuait de détourner la tête comme s'il avait honte, comme s'il pensait que je ressentirai autre chose que de l'inquiétude et de la compassion en voyant mes âmes-sœurs dans cet état. Je serrai mes poings sur mes hanches.

— Je n'en ai pris qu'un, dit Nate appuyé contre le mur d'une voix fatiguée.

Un tremblement parcourut ses jambes étendues.

— Ils ne sont pas lourdement chargés, dit West. Pour qu'on ait plus de mal à le remarquer. Bien sûr, vous en ressentez les effets, mais je serais étonné que ça suffise pour vous tuer.

Marco émit un grognement.

— Oh, *ça* c'est rassurant.

S'il parvenait encore à faire du sarcasme, il ne pouvait pas être dans un état de totale agonie. Mais il se sentait clairement terriblement mal. Son bras serrait fort son ventre. Je détournai mon regard de lui pour le poser sur Nate, voulant être avec eux deux et les réconforter tous les deux à la fois.

— Qui aurait pu faire ça ? Qui aurait pu *vouloir* faire ça ? Tu penses que… cette belette hier…

West fit une grimace.

— Il y a une faible odeur qui me fait penser à un mustélidé. Ils ont tous ce truc huileux. Je dirais que c'est certainement la belette notre coupable.

Ça répondait au moins au *pourquoi*. Les renégats avaient voulu nous attaquer par tous les moyens à leur disposition. Et nous n'avions plus à nous soucier d'autres méfaits de ce côté-là puisque la fée s'était occupée de cet ennemi la veille. Mais…

— *Quand* avait-il pu faire ça ? On a tous mangé des gâteaux secs hier matin et on allait bien. Ils sont dans le sac depuis, non ?

Aaron acquiesça de la tête.

— Et le sac n'a pas été hors de notre vue.

— Il y a eu des moments où on ne faisait pas très attention aux réserves, fit observer Nate. Pendant qu'on remballait la tente. Pendant la pause déjeuner.

— Tu ne penses pas qu'on aurait senti la belette s'il était venu aussi près ?

West posa le sachet de gâteaux secs et ses yeux se plissèrent de nouveau avant qu'il n'ajoute :

— C'est presque comme s'il s'était faufilé près de nous par magie, pas vrai ?

Aaron lui lança un regard acéré.

— On ferait mieux de ne pas porter d'accusations sans avoir de preuves.

— Non, concéda West en se redressant. Mais c'est quelque chose qu'on doit garder à l'esprit.

La magie. Pensait-il que les fées avaient aidé le métamorphe belette à arriver jusqu'à nous ? Mais même si elles avaient voulu nous faire du mal, pourquoi auraient-elles tué leur allié ensuite et fait semblant d'être de notre côté ?

Je n'étais pas certaine que poser la question était une bonne idée. La femme fée avait dit que son peuple était en train de quitter la montagne, mais si elles avaient eu recours à l'empoisonnement, nous ne pouvions évidemment croire rien de ce qu'elles avaient dit. Et d'après la manière dont elle était apparue de nulle part... comment pouvais-je être sûre qu'elles n'étaient pas en train d'écouter notre conversation en cet instant précis ?

Un picotement sinistre parcourut ma peau.

Marco retourna vers le feu, loin de la mare de vomi. Comme Nate, il transpirait, son visage gris sous l'effet luisant de la sueur. Son bras tremblait car il soutenait son poids. Mais son regard était plutôt clair.

Je m'agenouillai à côté de lui, agrippant son épaule d'une manière qui, je l'espérais, lui montrait à quel point *je* me souciais de lui.

— Tu devrais te reposer jusqu'à ce que tu te sentes mieux.

Je lançai un regard vers Nate.

— Toi aussi. Je ne veux pas que vous vous rendiez *plus* malades que vous ne l'êtes déjà.

Mon regard se posa sur Aaron. C'était celui qui avait

passé le plus de temps à étudier. Peut-être qu'il avait parcouru des livres de médecine au cours de ses lectures.

— Y a-t-il quelque chose qu'on peut faire pour les aider à se remettre rapidement ?

Le regard bleu vif d'Aaron était grave.

— Chaque poison a un antidote, mais on manque d'approvisionnements dans le coin. Et on ne peut pas savoir avec certitude de quel poison il s'agit. West, on a emmené la trousse de premiers secours qui était dans la voiture si je ne me trompe pas ? Est-ce que tu as des charbons actifs dedans ?

La morosité de West s'estompa momentanément.

— Probablement. On a eu quelques soucis de drogues parmi les ados métamorphes, alors on aime bien garder ce genre de choses sous la main en cas d'overdose. Laisse-moi chercher.

Pendant qu'il fouillait dans les sacs, j'allai à côté de Nate. Le métamorphe ours pencha sa tête vers moi lorsque je touchai le côté de son visage marqué.

— Ça va aller, dit-il d'une voix un peu rauque. Il faut juste que le poison suive son cours.

Mais nous étions beaucoup plus faibles avec deux de mes alphas à peine capables de s'asseoir. Je me blottis contre son bras, mon impuissance me déchirant à l'intérieur. Mes compagnons avaient besoin de moi, et il n'y avait rien que je pouvais faire. Même ma forme de dragonne ne pouvait brûler le poison pour le faire sortir d'eux. Et bien sûr, Nate devait jouer les stoïques, comme si mon inquiétude était un problème plus important que le fait qu'il soit *empoisonné*, putain.

Je serrai les dents. Si ce métamorphe belette n'avait pas

déjà été grillé par la magie de la fée, je l'aurais traqué sur-le-champ. Et je ne me serais pas non plus arrêtée pour lui poser des questions. Un sympathique petit en-cas pour dragonne, c'était ça qu'il serait devenu.

West arriva en se dépêchant, portant un pot rempli d'une poudre noire. Il mit un peu de cette dernière dans une petite cuillère qu'il tendit à Nate.

— Ça a un sale goût, mais ça va aider à faire sortir le poison de ton estomac.

Nate avala la poudre et fit une grimace. Il commença à essayer de se mettre debout et j'attrapai son bras.

— Pas question. Vas-y doucement pour une fois. J'ai besoin que tu ailles mieux, pas que tu ailles droit dans le mur.

Il se rassit, mais avec réticence.

— On ne devrait pas rester ici très longtemps. Il y avait d'autres renégats qui se sont enfuis. Ils pourraient encore être en train de nous suivre.

— Ou d'autres qui veulent nous nuire, murmura sombrement West.

— Et on vient juste de perdre une importante partie de nos réserves de nourriture, ajouta Marco.

Il s'était allongé sur son dos, son torse musclé se soulevant et s'abaissant au rythme de ses respirations haletantes.

— Eh bien je suppose que ce trek vient juste de devenir beaucoup plus excitante.

7

Ren

Le grand air me picotait les ailes. Je descendis en piqué vers le flanc de la montagne, savourant le vol plané dans mon corps de dragonne. Après être restée aussi longtemps enfermée dans les grottes, le sentiment de liberté me grisait. Une partie de moi mourait d'envie de battre ces ailes aussi fort que je le pouvais et de m'envoler pour faire le tour de ces sommets imposants, mais je refreinai mes pulsions. Je n'étais pas là pour m'amuser.

Mes yeux perçants de dragonne explorèrent de nouveau le terrain rocheux. Aaron avait eu raison de douter des possibilités de chasse dans les environs. À ce hauteur de la montagne, je n'avais rien aperçu de vivant.

Il me suivait à présent, sous sa forme d'aigle, menant ses propres recherches tout en me gardant dans son champ de vision. Juste au cas où je perdrais le contrôle de ma transformation. Je n'*aimais* pas vraiment l'idée d'avoir un baby-sitter, mais c'était assez rassurant en même temps. Je n'avais pas eu droit à un avertissement les deux dernières fois où j'avais manqué d'énergie et où j'avais dû me retransformer.

Je me déportai pour planer plus bas sur le flanc de la montagne, là où quelques arbres et arbustes épars réussissaient à se cramponner à la roche. L'obscurité tombante du soir cachait mon immense forme écailleuse de quiconque aurait pu lever les yeux depuis la ville située en contrebas. Tout ce que j'arrivais à voir de Sunridge, c'étaient des lumières légèrement mouchetées au milieu du paysage ombragé entre les montagnes.

Pendant que Marco et Nate se remettait, West, qui semblait avoir le nez le plus de fin de nous tous, avait passé en revue le reste de nos réserves de nourriture. En plus des gâteaux secs, nous avions dû jeter un paquet de bœuf séché et un sac de pommes. Mes précieux Doritos étaient sans danger, mais ils ne nous mèneraient pas très loin.

Alors même si la chasse ne s'avérait pas très fructueuse, nous n'avions pas d'autre choix que d'essayer. Une fois que nous nous remîmes en route, plus lentement pour nous adapter aux hommes affaiblis, nous eûmes la chance de trouver une brèche dans le plafond suffisamment large pour que ma forme de dragonne puisse passer. La brèche avait été un peu juste.

Mon attention se porta de nouveau brusquement sur le présent. Une ombre avait bougé au milieu des broussailles éparses. Un grand lièvre en train de bondir de manière hésitante d'un arbuste à un autre. Pas terrible comme repas pour cinq, mais à ce stade, je prenais tout ce que je pouvais.

Je fondis vers le sol, étendant mes pattes avant. Le

lièvre se figea en entendant le son de ma descente. À la dernière seconde, il décida que courir était une meilleure stratégie. Trop tard. Mes pattes griffues l'arrachèrent du sol, l'une de mes griffes sectionnant son cou pour l'empêcher de se débattre.

Le tuer avait été plus simple que je ne m'y attendais. Une sorte d'instinct naturel avait pris le dessus. Je me rappelais de ce que West avait dit l'autre nuit après avoir tué une biche. *On est tous des prédateurs ici.* À l'époque, j'avais pensé qu'il ne parlait que des alphas. Mais il aurait pu également parler de moi.

Je ne voulais pas m'*habituer* à tuer des choses.

Mes muscles commencèrent à tressaillir, mus par le besoin d'abandonner cette forme. Je l'avais gardée pendant un certain temps, plus longtemps que les deux dernières fois, mais je ne voulais pas abuser de ma chance. Je remontai en flèche le flanc de la montagne vers la crevasse à travers laquelle j'étais sortie. Aaron décrivait des cercles autour de moi, un plus petit lapin entre ses serres.

Les picotements se firent plus présents dans mes muscles. Ma mâchoire de dragonne se serra. Je devais tenir bon. Si je me retransformai en humaine ici, sur le versant de la montagne, totalement nue... Si nous étions trop loin de la grotte, même Aaron ne pourrait revenir vers moi à temps avant que je ne meure de froid. Et il ne resterait plus du tout de métamorphe dragonne.

Je forçai mes ailes à battre dans les airs. Ça ne me semblait plus autant enivrant. Je repérai mon salut droit devant. Un fin filet de fumée remontait dans l'air frais du soir. Je me précipitai vers ce dernier.

Le bord tranchant du rocher érafla mes écailles

quand que je plongeai. Je me transformai tout en tombant, cognant le sol avec mes genoux déjà partiellement humains. L'impact se fit sentir jusque dans mes os.

Mais je tenais toujours le lièvre, sa fourrure épaisse douce entre mes doigts serrés.

Nate se précipita vers moi avec mes vêtements. Le métamorphe ours bougeait encore plus lentement que d'habitude, mais il avait retrouvé des couleurs plus saines tout au long de la journée. Les charbons que West leur avait donnés à Marco et à lui semblaient avoir grandement aidé. Je préférais ne pas penser à ce qui aurait pu arriver s'ils avaient mangé plus de gâteaux secs. Ou si nous l'avions tous fait.

Je laissai Nate poser ma veste sur mes épaules pour me protéger du pire du froid, puis j'enfilai le reste de mes vêtements aussi vite que je pus. Je frissonnais avant même d'avoir fini de m'habiller. Je me hâtai de me rapprocher du feu où Nate avait déjà emmené le lièvre et le lapin d'Aaron.

Mon métamorphe aigle finissait de remettre son T-shirt. L'aperçu de son torse bien musclé — sérieusement, il a des tablettes de chocolat ? — disparaissant sous le tissu était suffisant pour provoquer un type de frissons totalement en moi. OK, maintenant j'avais chaud.

Marco se prélassait près du feu, semblant beaucoup moins souffrir à présent lui aussi. Mais je savais que le poison l'avait atteint plus durement que Nate, probablement parce qu'il en avait absorbé une plus grosse dose. Sa bouche se tordit encore un peu lorsqu'il se pencha pour attraper la barre de céréales que West lui avait lancé.

Et ses plaisanteries n'avaient pas du tout la même légèreté que d'habitude.

— Ces renégats feraient mieux de ne pas nous chercher des noises de nouveau, dit-il avec désinvolture. J'ai *vraiment* une dent contre eux maintenant. Et j'aimerais bien l'enfoncer dans diverses parties de leurs corps. Une énorme canine bien acérée à travers leurs entrailles conviendrait parfaitement.

West leva les yeux au ciel. Il se pencha pour attiser le feu. On commençait également à manquer de bois, je le savais. C'était trop lourd pour que nous en emportions beaucoup, et nous n'avions pas pu en récupérer pour nous réapprovisionner depuis que nous étions rentrés dans la grotte. Peut-être que j'allais devoir faire un voyage d'un autre genre en surface demain matin.

— De toute évidence, ils ne t'ont pas fait si mal que ça, dit West à Marco. Tu l'ouvres toujours autant.

Marco lui lança un regard noir.

— Il faut beaucoup plus que quelques gâteaux secs contaminés pour tuer le chef de toute la famille féline.

— On ne sait pas ce qu'ils vont essayer ensuite, dit Nate en enfonçant un couteau dans la dépouille du lièvre pour le dépecer. On va devoir être beaucoup plus attentif lors des rondes ce soir.

— Vous pensez vraiment qu'on doit s'inquiéter... d'autres personnes que les renégats ? me hasardai-je.

Je n'étais toujours pas sûre à quel point c'était dangereux de mentionner directement les fées. Ce matin West n'avait rien fait de plus qu'insinuer qu'elles pouvaient être impliquées.

Aaron comprit clairement ce que je sous-entendais.

— Il y a des traités entre toutes les principales communautés surnaturelles, dit-il. Attaquer les chefs de l'une d'entre elles de manière délibérée et sans provocation aurait de graves conséquences. Ce serait un énorme risque.

— Si on arrive à prouver qui était impliqué, marmonna West. Il suffit juste de faciliter la tâche à quelqu'un d'autre qui fera le boulot et tu pourras t'en sortir en toute impunité.

— Est-ce que les relations entre les différentes communautés sont si mauvaises qu'elles *voudraient* se débarrasser de nous ? demandai-je.

Aaron secoua la tête.

— Ça ne me serait pas venu à l'idée. C'est possible, mais West se jette sur l'explication la plus désastreuse, pas sur la plus probable.

— Facile à dire quand tu peux juste t'envoler loin d'ici si la situation devient aussi critique, l'aigle, dit Marco.

Son ton était taquin, mais je vis la mâchoire d'Aaron tressaillir. Quelques nuits plus tôt, il m'avait raconté la manière dont les groupes de familles avaient tendance à considérer les aviaires comme étant inférieurs... et par conséquent à le voir lui comme le moins important des alphas. Il n'approuvait pas cette croyance, mais les commentaires spontanés de ce genre devaient faire un peu mal. Je savais qu'il ne nous laisserait pas tomber, peu importe à quel point la situation pouvait devenir compliquée.

— Sauf qu'il ne le ferait pas, dis-je. On fait tous du mieux qu'on peut.

— Le mieux qu'on peut faire serait de partir de cette

montagne au plus vite, dit West. Je suppose que tu n'as pas la moindre idée du temps que *ça* va encore prendre, Étincelles.

Je grimaçai en entendant ce surnom, mais mon estomac se noua en même temps. Je ressentais toujours ce tiraillement vers ce qui nous attendait, quoi que ça puisse être, mais je n'avais pas la moindre idée de combien de chemin nous avions encore à parcourir. Si j'avais seulement pu avancer toute seule…

Mais ça serait stupide. Et exactement ce que quiconque qui essayerait de se débarrasser de moi voudrait. Ces attaques avaient toujours été dirigées en premier lieu contre les métamorphes dragonnes. Les renégats voulaient que ma lignée soit éradiquée. Mes alphas n'avaient été blessés que parce qu'ils avaient fait barrage.

— Ça ne doit pas être bien loin, m'obligeai-je à dire. Il ne peut pas y avoir beaucoup plus de *montagne*.

— Et demain, Marco et moi on devrait être capables de suivre le rythme habituel, dit Nate.

Il déposa les carcasses dépecées au-dessus du feu. Les flammes léchaient la viande, envoyant une odeur de viande grillée flotter dans l'air.

— Il est inutile de gamberger sur des choses qu'on ne peut pas savoir. On doit se prépare aussi bien qu'on peut, et on sera prêts à tout affronter, qui nous tombera dessus.

J'aurais aimé pouvoir ressentir la même confiance. Je ne pouvais même pas être sûre de tenir une métamorphose pendant plus de dix minutes d'affilée.

Mais même si la question de West avait été un peu brutale, il n'avait pas tort. Tous les quatre étaient ici à cause de moi, à cause de cette quête sur laquelle ma mère m'avait menée. Si Marco et Nate avaient été plus que simplement malades, ça aurait aussi été ma faute.

Mes doigts me démangeaient, n'ayant rien à chaparder. Tout autour de moi représentait une cible peu attrayante.

Parce que tout autour de moi allait m'appartenir, me rendis-je compte. Quelque part au cours des journées qui venaient de s'écouler, mon esprit s'était totalement fait à l'idée que les quatre hommes qui m'entouraient et moi-même nous partagions une connexion inexplicable, une connexion qui faisait d'eux une partie de mon cercle intérieur, qui jusqu'à présent n'incluait que ma mère, Kylie et moi. Il n'y avait aucun soulagement dans le fait de voler des gens qui, je le savais, étaient de mon côté.

Le malaise que je ressentais resta logé dans mon ventre pendant tout le dîner. Ma faim avait disparu, mais je m'obligeai à avaler une part de lapin, suivie par une barre de céréales, juste pour me maintenir en forme.

Marco et West prirent le premier tour de garde. J'allai aider Aaron à installer la tente pendant que Nate terminait de vérifier la sécurité du campement.

Alors que mes doigts effleuraient ceux d'Aaron de-ci de-là tandis qu'il passait devant moi en me frôlant pour attacher un des piquets, un autre type de faim commença à se faire sentir en moi. L'envie de sentir cette connexion entre nous, de me rappeler que c'était légitime pour eux d'être ici avec moi.

Lorsque nous entrâmes sous la tente, je pris sa main et l'attirai vers le sol pour qu'il s'asseye avec moi sur mon sac de couchage. Il me prit dans ses bras et m'embrassa. En cet instant, avec ses lèvres entrouvrant les miennes et la chaleur de son corps contre le mien, toutes mes inquiétudes s'envolèrent. J'étais à l'endroit où j'étais censée être, avec les hommes avec qui j'étais censée être.

Je nous fis descendre pour nous allonger sur le côté sur la surface matelassée, voulant le sentir contre moi des pieds à la tête. Il m'entoura avec son bras, son pouce taquinant la peau nue de mon dos juste en-dessous de mon T-shirt. Je frissonnai de plaisir et l'embrassai avec encore plus de force.

Le rabat de la tente râcla contre le sol. Je m'arrachai au baiser et levai les yeux. Nate était entré, se baissant pour éviter de renverser la tente avec son imposante stature. Ses yeux marron foncé brillèrent de désir lorsqu'il nous aperçut, mais il hésita comme s'il ne savait pas s'il devait continuer à entrer ou repartir.

Soudain, le fait de n'avoir qu'Aaron avec moi ne me semblait pas suffisant. J'avais besoin de plus. J'avais besoin d'être entièrement enveloppée dans le lien du désir et de l'affection qui courait entre nous tous.

J'avais presque cédé à ce désir avec Marco et West la veille. Les hommes trouvaient ça normal. Pourquoi me retiendrai-je ?

Je pris une inspiration et tendis ma main.

Un sourire fendit le visage de Nate. Il s'accroupit de l'autre côté de moi, déposant un baiser appuyé sur ma nuque. Et d'un seul coup, je fus entourée par une sensation de chaleur.

Le parfum poivré et musqué du métamorphe ours se mêlait avec la forte odeur salée de mon aigle. J'inhalai ce mélange et attirai Aaron dans un autre baiser.

Deux paires de mains parcouraient mon corps. Deux

paires de lèvres marquaient ma peau. La langue d'Aaron dansait avec la mienne tandis que Nate mordillait le creux de mon épaule. Le métamorphe ours passa son bras au-dessus de moi pour caresser mes seins. Les doigts d'Aaron suivirent la ligne de ma taille et tirèrent mes hanches plus près des siennes. La bosse de son érection appuyait contre moi, dure et alléchante. Je m'arquai contre elle avec un gémissement.

Nate souleva mon T-shirt et le métamorphe aigle recula pour laisser l'autre alpha me l'enlever. Puis Aaron, s'occupa rapidement de mon soutien-gorge. Je tirai sur son T-shirt, impatiente de voir le torse ferme dont je n'avais eu qu'un aperçu une heure plus tôt. Il le retira et Nate en fit de même avec le sien en laissant échapper un petit rire derrière moi. Lorsqu'ils se rapprochèrent tous les deux de nouveau, la chaleur entre nous, peau nue contre peau nue, était juste brûlante.

Aaron réclama ma bouche, tout en prenant mes seins nus dans ses mains. Leurs pics durcissant au simple contact. Nate commença à m'embrasser en redescendant le long de ma colonne. À chaque pression de ses lèvres, des affres de contentement parcouraient tout mon corps. Je gémissais et me trémoussais, l'envie désespérée d'être libérée, peu importe comment, peu importe ce que je pouvais obtenir, grandissant en moi.

Nate marqua une pause au niveau du creux de mes reins, passant sa langue sur la peau sensible à cet endroit. Je poussai un gémissement en guise d'encouragement. Aaron taquinait mes tétons, rendant les pointes encore plus dures à chaque rotation de ses pouces. À chaque fois qu'il les effleuraient, la flamme du désir s'attisait à l'intérieur de moi. Puis la main de Nate glissa sur mes fesses et entre mes jambes.

Je laissai échapper un autre gémissement, m'appuyant contre cette dernière. Mon slip était trempé. Pouvait-il sentir à quel point j'étais excitée même à travers mon pantalon ?

Aaron pencha la tête pour aspirer le bout de mes seins dans sa bouche. Nate caressa mon sexe. Un gémissement s'échappa de mes lèvres. Les sensations que me procuraient leurs attentions combinées étaient étourdissantes, mais oh tellement agréables.

Je balançai mes hanches, et mon clitoris effleura l'érection d'Aaron. Tout à coup, je n'étais plus capable de résister au désir. Je tirai sur son pantalon en triturant maladroitement le bouton, et d'un coup sec, je le descendis à moitié. Aaron gémit au moment où je pris son sexe dans ma paume. Sa longueur soyeuse et dure palpitait contre ma main.

— Serenity, murmura-t-il.

Ça ressemblait presque à une question. Une question à laquelle je connaissais la réponse parfaite.

— En moi, dis-je à travers un autre gémissement. *Maintenant.*

Les deux hommes retirèrent mon pantalon ensemble. Aaron me fit rouler sur le côté afin que je sois face à Nate. Tandis que le métamorphe ours se penchait en avant pour m'embrasser sur la bouche, mon aigle me caressait entre les jambes par-derrière comme Nate l'avait fait auparavant. Il fit un son montrant son plaisir tandis que ses doigts testaient la moiteur à cet endroit. Il les plongea dans mon centre chaud et glissant, et je poussai un gémissement contre la bouche de Nate. Puis le bout du sexe d'Aaron frotta contre mon ouverture. Je frissonnai de plaisir, déjà sur le point de perdre le contrôle.

Il s'enfonça en moi d'un coup de reins lent et ferme qui envoya une éruption de plaisir à travers tout mon corps. Je ne m'étais jamais sentie aussi complète qu'au moment où il me remplissait. Mais Nate était toujours là avec moi, m'embrassant à travers mes gémissements, caressant mes seins, puis faisant descendre sa main pour masser mon clitoris.

Aaron plongea plus profondément en moi par-derrière, tenant mes hanches pour les stabiliser. Le plaisir en moi gonflait à chaque à-coup de son sexe et à chaque mouvement des mains de Nate, jusqu'à ce ça devienne presque insoutenable. Je devais mieux rendre la pareil.

Je tâtonnai pour trouver le jean de Nate. Il défit la fermeture éclair d'un geste rapide. Ses hanches s'arquèrent brusquement vers moi au moment où je glissai ma main à l'intérieur de son pantalon. Mes doigts se refermèrent autour de son sexe, tout aussi dur et encore plus gros que celui d'Aaron, correspondant à la carrure massive du métamorphe ours. Je gémis rien qu'en le sentant.

Tout en serrant fort la peau soyeuse, je déplaçai ma main de haut en bas au même rythme qu'Aaron à l'intérieur de moi. Du liquide pré-séminal perlait sur le bout. Je le fis glisser sur toute sa longueur. Nate gémit et écrasa sa bouche contre la mienne.

Aaron ajusta notre angle afin de me remplir encore plus profondément. Son membre effleurait cet endroit spécial à l'intérieur de moi, et je me sentais attirée vers la lisière d'une joie totale. Je serrai Nate encore plus fort, remontant et redescendant plus vite, et il balançait brusquement ses hanches vers moi. Ses baisers devinrent saccadés. Tout comme ma respiration. Il frotta mon clitoris une dernière fois, et mon orgasme éclata en moi comme un feu d'artifice.

Je craquai, m'agrippant au sexe de Nate, et il me suivit. Une giclée de liquide chaud atterrit sur mon ventre. Puis Aaron vint lui aussi, avec quelques derniers mouvements secs de ses hanches. Il mordit mon épaule tout en se répandant à l'intérieur de moi. Ce mélange de douleur et de plaisir était suffisant pour me faire de nouveau basculer.

Nous nous effondrâmes les uns contre les autres, haletants et sans force. Nate écarta mes cheveux trempés de sueur de mon front et déposa un baiser à cet endroit.

— Notre métamorphe dragonne, dit-il avec tellement de tendresse que mon cœur se serra.

Aaron prit son sac de couchage et le tira sur nous comme une couverture. Je m'endormis ainsi, blottie entre deux de mes compagnons, oubliant juste pour instant que la partie la plus dure de notre voyage nous attendait peut-être encore.

8

— Je crois qu'on se rapproche, dis-je avant de grimacer en me rendant compte à quel point ce commentaire semblait stupide.

Bien sûr que nous nous *rapprochions*, sinon toute cette marche ne servait à rien. Ce que je voulais réellement dire, c'était qu'à présent, nous étions *proches*. Au cours de la randonnée de la matinée à travers la grotte, la force qui m'attirait s'était transformée en un tiraillement. Mais je n'étais pas assez sûre de ce que « *proches* » signifiait en termes de distance pour prendre le risque de l'annoncer au cas où je me trompais. J'imaginais déjà le regard que me lancerait West.

— Pour un endroit que les fées utilisent soi-disant comme lieu de villégiature, un meilleur éclairage ne serait vraiment pas du luxe, dit sèchement Marco.

Nous avions laissé derrière nous la dernière des fissures dans le plafond deux heures plus tôt. À présent, la seule lumière luisant sur les murs irréguliers était celle projetée par la lampe de poche qu'Aaron portait.

— Est-ce quelque chose que les fées font beaucoup ? demandai-je.

Il semblait assez peu risqué de poser des questions d'ordre général à propos leur.

— Se déplacer entre différentes habitations, je veux dire ?

— Pas à moins qu'elles n'aient des affaires spécifiques à y traiter, dit Aaron. Généralement, chacune d'entre elles a une affinité avec un arbre ou un étang en particulier, et leur magie est affaiblie si elles s'en éloignent très longtemps, ajouta-t-il.

— Si cette montagne est spéciale pour les métamorphes dragonnes, elle pourrait aussi avoir une signification pour les fées, fit observer Nate.

Je repensai à ce souvenir qui m'était revenu où je parlais des fées avec Maman.

— Avez entendu parler des métamorphes dragonnes et des fées... travaillant ensemble ou s'associant d'une manière ou d'une autre ?

Aaron fronça les sourcils.

— Je ne suis tombé sur rien qui faisait référence à une collaboration au cours des recherches que j'ai effectuées sur notre histoire. Mais ça ne veut pas dire que ça n'est jamais arrivé. Il y a beaucoup de choses que les dragonnes ont gardé pour elles. Pourquoi ?

— Oh, je viens juste de me rappeler de ma mère en train de me dire quelque chose à ce sujet. Mais elle ne connaissait pas non plus les détails, d'après ce qu'elle m'avait raconté.

À l'époque je n'avais même pas encore cinq ans. Combien d'autres choses aurait-elle pu partager avec moi si j'avais connu la vérité quand j'étais plus âgée.

La peine que j'éprouvais face à cette perte revint avec une douleur sourde. Sept années s'étaient écoulées depuis la dernière fois où je l'avais vue, mais le fait de suivre sa piste m'avait donné l'impression qu'elle venait à peine de me glisser entre les doigts.

— Peu importe ce que les métamorphes dragonnes pourraient avoir fait autrefois, dit sombrement West. Tu ferais mieux de rester loin d'elles.

— Si elles viennent dans les montagnes régulièrement, l'une d'entre elles pourraient avoir vu ma mère pendant qu'elle était là, rappelai-je. Et elle-même pu lui avoir parlé.

Il secoua la tête en évitant de croiser mon regard. Dans la pénombre, ses yeux vert foncé semblaient encore plus assombris.

— Peu importe. Elles ne nous diront rien à moins de pouvoir l'utiliser à leur avantage contre nous. Fais-moi confiance. La seule fée que j'aime, c'est celle qui est au moins à une centaine de kilomètres. Ou morte.

Il y avait une note brutale dans sa voix, derrière son amertume plus habituel. Je le regardai du coin de l'œil tandis que nous avancions péniblement. À l'évidence, il avait personnellement eu affaire aux fées dans le passé. Des affaires qui *lui* avaient causé beaucoup de douleur. J'avais envie d'en demander davantage, mais j'avais le sentiment qu'il m'arracherait la tête si je me montrais indiscrète.

Aucun des autres alphas ne le remirent en question. Même s'ils n'éprouvaient pas la même haine pour les fées, ils ne devaient pas non plus avoir trouvé ses commentaires aussi erronés que ça.

Je frissonnai et frottai mes bras à travers les manches rembourrées de ma doudoune. Dans ce cas, j'espérais également que ces êtres brillants étaient loin à présent, très loin d'ici.

— Je suppose que j'ai beaucoup de travail devant moi quand on en aura fini avec toute cette agitation, dis-je.

Nate se rapprocha et prit ma main dans la sienne plus grande. Le sourire qu'il m'adressa fit remonter les souvenirs de ce que nous avions fait dans la tente la nuit précédente et s'accompagna d'une bouffée de chaleur.

— On sera à tes côtés pour y voir plus clair ensemble.

West émit un son de rejet sans prononcer un seul mot. Ma colère explosa. Pourquoi fallait-il qu'il donne l'impression d'être offusqué par ne serait-ce que la moindre petite suggestion selon laquelle j'étais digne du rôle dont j'avais hérité ? Je gravissais cette montagne à ses côtés. Ne pouvait pas me ficher un peu la paix ?

— Alors qu'est-ce que tu prévois de faire exactement si tu rejettes la tradition et tout espoir de faire en sorte que cette histoire d'âmes-sœurs fonctionne, monsieur l'Homme-loup ? demandai-je. Séparer les métamorphes canins du reste de la communauté métamorphe ? On ne dirait pas que ça va aider qui que ce soit.

West tourna enfin son regard pénétrant vers moi.

— Je ne pense pas que tu en saches assez sur notre communauté pour avoir la moindre idée de ce qui aidera ou non. Quand on en aura fini avec cette quête ridicule, peut-être que j'aurai l'occasion de voir de quoi tu es vraiment capable en tant que métamorphe dragonne.

Peut-être que tu devrais ouvrir les yeux, parce que je t'en ai déjà montré beaucoup.

Je ravalai cette réplique cinglante, déglutissant avec difficulté. West voulait que je me dispute avec lui. Il voulait que je lui fournisse des excuses pour continuer à s'opposer à moi. Comme si c'était *ma* faute si ma mère ne m'avait rien enseigné à propos des métamorphes. Ou si les renégats avaient massacré mes pères et mes sœurs pour nous obliger à prendre la fuite à l'origine.

Un autre souvenir, un fragment provenant d'il y avait très très longtemps remonta, si vivace que le reste de la grotte s'évapora. J'étais assise sur les genoux de ma mère pendant qu'elle brossait mes cheveux qui étaient emmêlés après une course dans les bois avec mes sœurs. Elle tchipait avec sa langue tandis qu'elle défaisait un nœud.

— Tu as de la chance que je croie au fait de laisser les enfants courir un peu librement. Sinon, nous aurions des règles sur le fait de descendre des collines en roulant et de jouer au cochon pendu dans les arbres.

La version de moi âgée de quatre ans leva des yeux écarquillés vers elle.

—Tu pourrais faire ça, pas vrai ? C'est toi qui dictes les règles pour tous les métamorphes.

Ma mère rit doucement.

— Pas tout à fait. Pas toute seule. Tes pères et moi, nous décidons ensemble de ce qui est le mieux pour la communauté.

C'est vrai, c'est ce que nous faisons, avait dit mon père métamorphe puma en entrant d'un pas nonchalant dans la pièce.

Mes autres pères le suivaient. Ils se tenaient autour de

ma mère et de moi, nous enveloppant toutes les deux dans une aura d'amour familial.

De retour dans le présent, je clignai fort pour lutter contre les larmes qui avaient commencé à me monter aux yeux. Ma gorge s'était serrée. Les renégats m'avaient volé tellement de choses. J'avais à peine appris à connaître mes pères. Combien de connaissances auraient-*ils* partagées avec moi ?

Mais je savais à quel point ils aimaient ma mère. C'était à ça que le lien d'âmes-sœurs entre les alphas et leur métamorphe dragonne était censé ressembler.

Je levai mon menton, repoussant la douleur de la perte. Si West pensait vraiment que j'étais un fiasco total, il ne serait pas encore là. Il m'aurait abandonnée en tant qu'âme-sœur et serait parti en chercher une qu'il appréciait davantage. Je devais juste continuer à me rappeler de ça.

Le faisceau de lumière de la lampe de poche d'Aaron éclaira une marque en forme de griffe sur le mur situé droit devant. Une éraflure plus profonde que celles que Maman avait laissée auparavant. L'espace d'une seconde, j'eus un doute sur le fait que c'était elle ou autre chose qui avait laissé la marque, mais dès que je m'en approchai, l'énergie de Maman provoqua des picotements sur ma peau. La sensation de sa présence... et une émotion plus palpable. Je lâchai la main de Nate pour toucher les marques et un afflux d'angoisse envahit brusquement mon corps.

Je marquai une pause, des démangeaisons partant de mes doigts vers ma paume comme pour rappeler le grand geste de ses griffes. Elle était bouleversée au moment où elle avait griffé cette marque. En souffrance ou effrayée.

Que lui était-il arrivé ici ? Comment quelqu'un avait-il même su qu'elle venait par ici ? Elle avait été tellement douée pour effacer ses traces.

Nate se tenait derrière moi, en alerte.

— Qu'est-ce qu'il y a, Ren ?

— Ma mère, dis-je. Quand elle est passée par cette partie de la grotte, quelque chose n'allait pas. Elle était bouleversée. Mais je n'arrive pas à sentir pourquoi.

— Je ne vois pas comment on peut être beaucoup plus prudents que nous ne le sommes déjà, dit Marco. Quoi qu'il arrive, on s'en chargera, princesse. Elle n'aurait pas dû venir ici seule.

Non, elle n'aurait pas dû le faire. Je mordis ma lèvre, mais je m'obligeai à continuer à marcher. Plus tôt nous arriverions au bout de ce voyage, plus tôt je saurai ce qui lui était arrivé. Du moins je l'espérais vraiment. Si tout ce à quoi ça menait, c'était à un autre indice à suivre, mes flammes de dragonne pourraient jaillir sous l'effet de la frustration.

Il était possible que le bout de ce voyage se présente encore plus tôt que je ne l'aurais imaginé. La lumière mit en évidence un virage dans le passage. Au moment où nous arrivions au niveau du virage, la sensation de tiraillement se fit plus forte qu'avant. Je chancelai, le souffle court. À la seconde où je retrouvai mon équilibre, mes pieds se ruèrent en avant sur le sol inégal, comme s'ils échappaient à mon contrôle. Je savais que je pouvais les maîtriser si je le voulais... mais ce n'était pas vraiment le cas.

— On y est presque. Ça doit être près d'ici maintenant, dis-je.

Les hommes accélérèrent également. Une lumière scintillait au-dessus de nous. Je levai les yeux, pensant que nous étions sûrement arrivés sous une autre fissure menant vers le monde extérieur. Au lieu de ça, je vis des stalactites cristallines scintiller au-dessus de ma tête, réfléchissant la lumière artificielle. De faibles vibrations émanaient d'elles et se propagèrent sous ma peau. Me donnant encore plus d'énergie.

Bientôt arrivés. Bientôt arrivés.

J'ajustai les bretelles de mon sac sur mes épaules et me forçai à courir à grandes foulées. Cette force me ramenait vers elle comme si j'étais un poisson au bout d'une ligne, mais ça m'allait totalement. J'étais prête à en finir avec ce trek en montagne.

Alors c'était ma faute, vraiment, si j'étais à la tête de notre procession à cet instant. Ma faute si c'était sous mes pieds que le sol tremblait. Je ralentis tandis qu'un craquement sinistre résonnait à travers la grotte. La roche sous mes pieds sembla soudain perdre toute substance, comme si j'étais descendue sur un lac recouvert d'une fine couche de glace.

Puis elle se fissura, exactement comme la glace que je venais juste d'imaginer.

Le sol se fractura et commença à se désintégrer. Mes réflexes de métamorphe se mirent en branle sans attendre. Je me jetai en avant.

Le craquement amplifia pour devenir un grognement ample qui résonna à travers la grotte. Le sac glissait de mes épaules. À chaque fois que mes pieds touchaient le sol, la roche continuait de s'effriter. Je me mis à crapahuter. Il n'y avait rien que je pouvais faire à part courir et espérer trouver un endroit solide avant de tomber aussi.

Mon pied glissa et je manquai de m'effondrer sur mes genoux. Tout en poussant un hurlement, je hissai mon corps dans les airs aussi loin que je le pouvais. Je chancelai, repris mon équilibre... et me rendis compte que le sol s'était stabilisé.

— Ren ! cria quelqu'un derrière moi, et quelqu'un d'autre dit : « Elle va bien, laisse-la reprendre ses esprits. »

Je me retournai prudemment, ne faisant pas encore vraiment confiance à la roche sous mes pieds. Je restai bouche bée.

Entre mes alphas et moi, environ trois mètres du sol de la grotte avaient disparu dans un gouffre escarpé. Je me tenais à seulement quelques centimètres du rebord.

Je me rapprochai pour scruter ses profondeurs. Il n'y avait rien à voir en dehors des ténèbres. Il était tellement profond que je n'avais même pas entendu le fracas des rochers qui s'étaient écroulé et qui avaient atteint le fond.

J'avais presqu'touché ce fond moi-même. Mon estomac se noua. Si j'avais été un tout petit peu plus lente à réagir...

— Tout va bien, Ren ? me demanda Nate.

Je hochai la tête, ne trouvant toujours pas mes mots.

Marco laissa échapper un ricanement excédé.

— Parce qu'on avait vraiment besoin de plus d'agitation pendant ce voyage. Ok, je ne saute pas par-dessus ça *avec* des bagages. C'est une bonne chose qu'on n'ait rien emporté de fragile.

Il se débarrassa de son sac d'un haussement d'épaules et le jeta au-dessus du gouffre. Celui-ci atterrit avec un bruit sourd. Les autres hommes firent de même. Je pensais qu'ils pouvaient se déshabiller pour faire le grand saut sous leurs formes animales, et je me réjouissais peut-être à l'idée de profiter de cette vue, mais je supposais que la force des métamorphes rendait ce saut peu difficile, même dans des corps humains. Deux par deux, ils prirent leur élan en courant et sautèrent au-dessus du gouffre.

Le corps musclé de Nate toucha le sol près de moi avec un bruit sourd, et un ultime craquement résonna dans la grotte. Les poils sur ma nuque se hérissèrent. J'examinai les rebords du gouffre dans la pénombre tandis que les hommes dépoussiéraient leurs vêtements.

— Comment ça a pu arriver ? dis-je. Ça n'a aucun sens. Une énorme brèche comme celle-là n'apparaîtrait pas d'un seul coup avec un tout petit peu de roche sur le dessus. C'est presque comme si c'était...

— Un piège ? compléta West. Combien de temps t'a-t-il fallu pour comprendre ça, Étincelles ?

Je lui lançai un regard noir, mais Aaron s'exprima avant que je ne dise quelque chose que j'aurais pu regretter.

— Ça a été certainement construit exprès. Tu as dit que tu pouvais sentir qu'on était presqu'à l'endroit où ta mère voulait que tu te rendes, Serenity. Un endroit qui recèle une sorte de pouvoir important. Il est possible qu'il y ait de la magie qui protège ce lieu et que le *piège* soit destiné à servir de test de mérite ou de détermination.

— Ou il est possible que nous ayons des « *amies* » magiques mécontentes que nous ne soyons pas morts empoisonnés, dit Marco. Je commence à me rallier au point du vue du loup, même si ça me coûte de l'admettre.

— Existe-t-il un moyen de dire quel genre de magie est utilisée ? demandai-je.

Féérique ou autre.

Aaron secoua la tête.

— Elle devait être sous la couche de roche, la maintenant en place. Alors elle s'est dissipée en même temps.

Il me lança un regard avant de continuer.

— Mais c'est terminé. Tu as gardé ton sang-froid et tu as réussi à sortir de là. Peu importe le pouvoir que ta mère voulait que tu aies, personne ne va t'empêcher de le récupérer, pas vrai ?

— Non, dis-je avec une nouvelle explosion de détermination. Alors dépêchons-nous avant d'avoir à faire face à quelque chose de pire.

9

Nate

Alors que je soulevai mon énorme sac de l'endroit où il avait atterri après que je l'eus lancé par-dessus le gouffre, une douleur aigue traversa mon corps, descendant de ma poitrine jusqu'à mon ventre. Je serrai ma mâchoire, essayant de ne pas laisser mon inconfort se lire sur mon visage.

Même après tout le repos que j'avais pris la veille et le rythme lent que nous avions adopté par la suite, le poison était encore dans mon système. Me rendant toujours plus faible que je n'aurais dû l'être. Je détestais ça. Nous aurions pu faire tout le chemin jusqu'au bout de cette grotte le jour précédent si nous avions gardé notre allure normale. Bon sang, si j'avais remarqué l'odeur bizarre dans les gâteaux secs avant d'en prendre un, j'aurais aussi pu empêcher Marco de les manger.

J'avais relâché mes efforts, et mon âme-sœur était en train d'en souffrir.

Ren acceptait tout sans se laisser submerger. Elle ajusta son sac contre son dos et me sourit quand elle me surprit en train de la regarder. Ce geste furtif me réchauffa, malgré mon estomac tordu par la douleur et la culpabilité. Je me souvenais de ses mains sur moi la nuit dernière, ses doux soupirs de plaisir, le goût sucré de sa peau...

Ok, cette ligne de pensée n'allait pas l'aider non plus. Certaines personnes voulaient saboter notre voyage ici, nous tuer s'ils le pouvaient. Ils avaient littéralement arraché le sol sous nos pieds. Je devais rester concentré sur le présent, sur le fait de défendre Ren contre nos ennemis. Comment pouvais-je être digne de notre lien entre âmes-sœurs si je ne le faisais pas ?

Si j'avais attendu tout ce temps pour ensuite la perdre maintenant... J'étais incapable de supporter cette pensée. Ça me rendait encore plus malade que le poison.

Marco lança un dernier regard vers le gouffre et se remit à avancer d'un pas nonchalant.

— Je dis qu'à partir de maintenant, on devrait envoyer l'ours en éclaireur, dit-il de son ton péniblement désinvolte. Si le sol tient en-dessous de toute cette masse, nous autres nous n'aurons pas à nous inquiéter.

West eut un petit rire amusé. Je lançai un regard noir à Marco.

— Je serai ravi d'ouvrir la voie si tu es un chat effarouché.

— Ooh, dit-il en faisant un grand sourire. L'ours s'est lancé dans une attaque recherchée. Pas mal, Nate.

Ren leva les yeux au ciel.

— C'est bon les mecs. *Je* vais ouvrir la voie si vous devez rester là à débattre de la question.

Elle avança, prête à se mettre en route et je me mis à marcher à grandes enjambées devant elle. Pendant les premiers pas, je n'étais pas conscient de grand-chose en dehors du besoin d'affirmer mes intentions et du petit rire moqueur de Marco. Puis une faible odeur qui ne correspondait pas à celle de la roche froide autour de nous atteignit mes narines.

Je m'arrêtai en tendant mon bras.

— Reculez. Il y a quelque chose qui cloche.

West vint à côté de moi tandis que j'inhalai de nouveau. Son odorat de loup était le plus puissant parmi tous les nôtres, mais j'étais capable de me débrouiller dans ce domaine quand je me concentrais. Une odeur légèrement musquée persistait dans l'air... quelque chose de vivant. Quelque chose d'animal.

Et nous n'avions pas vu un seul animal depuis que nous étions descendus dans cette grotte, en dehors de notre vision fugitive de cette belette dont la fée s'était occupée.

— Tu as raison, dit West en fronçant les sourcils.

Il avança un peu plus d'un pas raide, scrutant la grotte autour de nous. Je ne comptais pas être laissé en arrière. Je le suivis, analysant l'air moi-même. L'odeur devenait plus faible, en dépit de toute logique. Je fis demi-tour et revins sur mes pas. Ren me regardait, l'inquiétude fronçant ses sourcils. Mon ventre se noua encore plus en voyant qu'elle se faisait du souci.

— C'est bizarre, dis-je. C'est plus fort à peu près là. Quel que soit l'animal qui a laissé cette odeur, il a dû s'arrêter ici pendant un moment. Mais où est-il allé ensuite ? Nous n'avons rien vu en venant ici.

— Je n'arrive pas à détecter quoi que ce soit en allant plus loin par-là, dit West depuis l'endroit où je l'avais laissé. C'est tellement faible que je n'arrive pas à en avoir une bonne lecture. Peut-être que l'odeur date d'il y a longtemps.

Il semblait dubitatif, probablement parce que ça ne sentait pas plus le rance pour lui que pour moi. Le fait que l'odeur soit plus légère était plutôt comme si on l'avait lavée d'une certaine manière pour essayer de l'éliminer, ne laissant que quelques traces qui s'attardaient. Et ça voulait dire que quelqu'un essayait de couvrir sa piste olfactive volontairement afin que nous ne la remarquions pas. Mes épaules se contractèrent. On ne pouvait pas faire plus méfiant que ça.

— Est-ce que tu peux dire de quel animal il s'agit ? demanda Aaron.

Je secouai la tête. Ça n'avait pas vraiment d'importance. Si même une petite belette pouvait représenter une menace, nous ne pouvions nous fier à rien.

— On devrait marcher les uns à côté des autres, dis-je en faisant signe aux alphas de s'approcher. Nous tous autour de Ren afin qu'il soit impossible pour qui que ce soit de s'en prendre à elle sans passer par nous. Si les renégats prévoient une autre embuscade, il faut qu'on soit prêts.

— Je n'ai pas besoin de bouclier humain, protesta Ren. Pourquoi est-ce qu'on se contente pas de…

Une masse floue recouverte de fourrure jaillit dans les airs vers elle depuis le mur situé au-dessus avec un grognement. Un mugissement d'avertissement échappa de ma gorge. Je bondis devant mon âme-sœur, poussant cette dernière en arrière et me préparant ma métamorphose pour faire face à la menace.

Ren

La force de la poussée de Nate me fit trébucher en arrière vers le mur. Je serrai les dents, sentant ma dragonne se réveiller faisant ses griffes dans ma poitrine. Personne n'allait me pousser, pas même mes âmes-sœurs.

Mais que se passait-il ? La lampe torche était tombée après le grognement que j'avais entendu. Sa lumière pivotait dans la grotte tandis qu'elle tournait sur elle-même. Elle tomba sur Nate, déjà transformé en grizzly. Il essayait de clouer au sol un chat sauvage tacheté qui était sorti de nulle part. Ce dernier continuait de se tordre sous les pattes de Nate pour s'échapper. La version aigle d'Aaron plongea pour ajouter ses serres à la mêlée.

En face d'eux, les versions loup de West et jaguar de Marco affrontaient une grande créature noire ressemblant à une belette que mon esprit enregistra vaguement comme étant un carcajou. Cette dernière feulait sur eux avec des crocs aiguisés comme des rasoirs.

Nate donna une gifle au chat sauvage tandis que ce dernier le griffait. L'impact envoya l'animal valser par-dessus le bord du gouffre. La dernière chose que j'entendis fut un cri perçant de félin au moment où il chuta dans les profondeurs.

Une respiration forte derrière moi me fit faire volte-face. Juste à temps. Un coyote se jeta sur moi, ses dents claquant à un cheveu de ma gorge. Je réussis tout juste à esquiver avant qu'il ne m'arrache un morceau.

Le coyote fouetta l'air de ses pattes qui éraflèrent mon bras, faisant couler du sang à travers la manche de ma doudoune. Il atterrit et se retourna brusquement en grinçant des dents. Le flamboiement de colère à l'intérieur de moi s'embrasa, et pas seulement pour moi. Au village des métamorphes, deux coyotes avaient sauvagement agressé Kylie pendant que leur chef loup m'avait attaquée. Je n'avais absolument aucun doute sur le fait que ce connard était l'un d'entre eux.

J'étreignais cette fureur ardente et je la laissais s'emparer de moi. Mon corps s'arracha de ses vêtements pour grandir et prendre sa forme de dragonne.

Le coyote tressaillit et fit un bond en arrière avec un couinement étonné tandis que je planais au-dessus de lui. Des flammes montèrent dans ma gorge. J'ouvris la bouche pour griller le meurtrier potentiel et le renvoyer au le royaume des morts...

... Et Nate chargea entre le coyote et moi. Le grizzly ne mesurait que la moitié de la taille de mon corps de dragonne, mais il parvint à bloquer totalement mon objectif.

Je balançai mon cou musclé, déterminée à refermer brutalement mes dents sur mon assaillant. Un grognement remonta du plus profond de la poitrine de Nate qui tacla en premier le coyote. Ils roulèrent sur le sol, se mordant et se frappant. Je serrai ma mâchoire, sachant que je ne pouvais pas faire jaillir les flammes sans aussi carboniser mon alpha ours.

Bon sang. Pourquoi ne pouvait-il pas me laisser gérer au moins une chose toute seule ?

Je pivotai pour m'assurer que mes autres hommes allaient bien, mes épaules recouvertes d'écailles effleurant le mur de la grotte. Il n'y avait pas beaucoup de place pour que je puisse manœuvrer ici.

Le carcajou était pile en train de se précipiter entre West et Marco. Marco l'arrêta à la dernière seconde, frappant les yeux de l'animal avec ses deux pattes et le soulevant sur le côté. West sauta par-dessus celui-ci en faisant claquer ses dents.

Aaron plongea, plaçant deux serres menaçantes sur le cou du carcajou. Il avait l'intention de le prendre au piège dans l'espoir qu'il reprendrait sa forme humaine afin qu'ils puissent l'interroger, j'aurais dû le deviner. Mais le carcajou n'était pas disposé à assumer cette conséquence.

Avec un grognement, il releva brutalement la tête, plantant les serres de l'aigle dans son cou. Du sang jaillit. Son corps recouvert de fourrure s'effondra. Aaron glatit et s'envola.

Nate pilonna la tête du coyote contre le sol avec une de ses pattes épaisses. L'animal plus agile trembla et se carapata sans tarder. Je me jetai sur lui, de la fumée ondulant dans ma bouche.

Les yeux de ma dragonne se plantèrent dans ceux du coyote. Une panique totalement humaine brillait dans ces derniers. J'hésitai, me demandant s'il y avait un moyen de le maîtriser sans le tuer. Avant que je ne puisse réfléchir et en trouver un, le coyote se jeta par-dessus le gouffre. Il chuta hors de vue après son allié.

Je fixai le vide, un souffle chaud remontant

brutalement dans ma gorge. Mon emprise sur ma force de dragonne vacilla. Je me laissai revenir dans mon corps humain.

L'air glacial se referma de nouveau autour de moi avec une sensation douloureuse de picotements. Je me ruai vers ma doudoune, la seule chose que j'avais réussi à enlever avant d'aller plus loin dans la métamorphose. Le reste des vêtements que je portais étaient en lambeaux. Je tirai sur la doudoune pour l'enrouler autour de moi, grimaçant au moment où elle effleura les griffures sur mon bras. Mon corps de métamorphe les soignerait rapidement, mais pas *aussi* vite que ça non plus.

Les hommes étaient eux aussi en train de se retransformer. Mes yeux remarquèrent une tache ressemblant à une cicatrice sur le torse finement musclé de West qui brillait d'une faible lueur rougeâtre. Puis mon regard tomba sur le corps inanimé d'un homme d'âge moyen avec une barbe drue allongé là où le carcajou était mort. Du sang formait une flaque autour de sa tête et de ses épaules.

Marco donna un coup de pied dans la jambe du cadavre et grimaça.

— C'est mort pour soutirer des réponses à ces connards.

Mon esprit retourna au coyote se jetant vers sa mort. Mon estomac se noua.

— Ils ont décidé qu'il valait mieux mourir qu'être capturés. Les renégats sont très dévoués à leur cause, pas vrai ?

Leur cause qui consistait à nous voir mortes, moi et toute autre métamorphe dragonne qui pourrait rester.

Une autre pensée me frappa d'une horreur plus profonde.

— Alors, ils doivent avoir quelque chose à protéger, non ? Il doit y avoir d'autres renégats quelque part avec d'autres plans. Sinon quelle importance ça pourrait avoir si on les interrogeait ?

— Ils pourraient avoir trop honte de s'être embarqués dans cette histoire pour vouloir en affronter les conséquences, dit Aaron. Mais tu as probablement raison. On ne peut pas partir du principe que la menace que représente les renégats est terminée.

Il regarda autour de lu avant de continuer.

— Mais j'espère que c'est le dernier d'entre eux qu'on verra sur cette montagne.

— Ils n'était pas très nombreux à survivre à l'embuscade, dit West, tirant déjà son T-shirt sur l'étrange cicatrice que j'avais remarquée. Ce que je veux savoir, c'est *d'où* ils viennent. On dirait qu'ils tombent presque du plafond.

Je me rapprochai du mur pour l'examiner. Aaron ramassa la lampe torche qui était tombée et la dirigea vers l'endroit que je regardais fixement. Un bout d'ombre plus marquée découpait la roche, juste en-dessous du plafond.

— Il y a un rebord vers le haut là-bas, dis-je. Ils sont montés là-haut d'une manière ou d'une autre. Essayant d'organiser une embuscade finale.

Je supposais que nous avions juste de la chance que j'aie fait fondre toutes les armes à feu que ce groupe détenait au cours de leur première attaque.

— *D'une manière ou d'une autre*, répéta West. Ouais, je

me pose des questions là-dessus. Peut-être le même « *d'une manière ou d'une autre* » qui a créé le piège dans le sol ?

— Peu importe à présent, dit fermement Nate. Ce qui compte c'est de récupérer le pouvoir vers lequel nous a dirigé la mère de Ren, et ensuite de faire sortir Ren d'ici avant que quelqu'un d'autre n'arrive pour s'en prendre à nous.

Il s'approcha de moi, sa tête relevée comme s'il se voyait comme une sorte de chevalier blanc. La colère que je ressentais plus tôt ressurgit.

— Nous faire tous sortir d'ici, dis-je. Je n'ai pas besoin d'un traitement spécial. Et je n'ai vraiment pas besoin d'être traitée comme une demi-portion.

Nate cligna des yeux.

— De quoi tu parles ?

Je fis un geste de la main en direction du gouffre.

— Vous étiez tellement occupés à me protéger il y a quelques minutes que vous vous êtes mis en travers de mon chemin au moment où j'étais sur le point de réduire ce coyote en poussière.

Son expression se crispa.

— C'est notre rôle en tant qu'âmes-sœurs de...

— Non, dis-je en l'interrompant.

Il n'y avait pas de place pour la moindre contestation. Soit il acceptait mon point de vue, soit il ne l'acceptait pas.

— D'après ce que j'ai entendu, c'est votre boulot de rester à mes côtés. Pas devant moi comme si j'étais une espèce de trouillarde qui avait besoin d'être protégée. Je suis capable de me transformer maintenant. Je peux me transformer en une putain de dragonne.

Je montrai du doigt la marque de morsure sur son bras.

— Si tu n'avais pas tout gâché là-bas, tu n'aurais pas été blessé. J'aurais pu gérer ça *mieux* que tu ne l'as fait.

Toute trace de froideur quitta le visage de Nate, ne laissant qu'une expression hébétée.

— Ren, dit-il, sa voix baissant. Je ne voulais pas... Bien sûr que je sais à quel point tu es forte.

Ma colère s'apaisa. Je savais qu'il n'avait pas l'intention de me vexer.

— OK, dis-je. Alors traite-moi comme si tu le savais. Je ne suis pas une poupée de porcelaine. Tu peux veiller sur moi, mais laisse-moi aussi veiller sur vous. C'est comme ça que c'est censé fonctionner, non ?

Il inclina sa tête, une légère rougeur de honte colorant ses joues. Marco s'éclaircit la gorge.

— Si vous avez fini avec le passage de savon, aussi mérité qu'il puisse être, est-ce qu'on pourrait y aller ? J'apprécie de moins en moins ces vacances à chaque nouveau rebondissement.

— Sans blague.

Je me tournai vers le passage devant nous. Une lueur attira mon regard avant de disparaître brusquement. Mon cœur bondit.

— Je pense qu'on y est presque.

10

J'avais beau avoir envie de courir à travers la grotte vers la lueur qui m'appelait, je gardai le contrôle de mes jambes cette fois. Je ne voulais pas être prise au dépourvu par un autre piège. Mais la force tiraillait dans ma poitrine et ce soupçon de lumière m'appelait, me faisant avancer aussi vite que je m'autorisais à marcher.

La lumière brillait plus fort au fur et à mesure que nous nous en rapprochions, mais elle ne grandissait pas. Je compris assez rapidement pourquoi. Le passage devant nous devenait plus étroit pour ne plus former qu'une fente si mince que Nate allait devoir marcher de côté pour arriver à passer à travers. La lumière provenait d'au-delà de cette dernière.

Au moment où je passai l'ouverture, la lumière flamboya si vivement que ma vision se remplit de blanc. Mais elle ne piquait pas mes yeux, elle se contentait de les remplir d'un léger picotement.

Je clignai pour chasser les effets de l'éclat de lumière. J'étais arrivée dans une grande salle ronde où les murs et le sol en pierre étaient complètement lisses. Un piédestal se dressait en son centre. Un cristal transparent qui faisait presque la taille de ma tête reposait sur son support rocheux. La lumière et une faible chaleur rayonnaient depuis l'intérieur du cristal. La lueur dansait comme une flamme tandis que je la regardais fixement.

La force qui me tiraillait de l'intérieur s'était évaporée. C'était là qu'elle m'avait guidée. C'était là que j'étais censée être.

J'avançai de quelques pas prudents. Des formes étaient sculptées dans la base du piédestal. Je me penchai pour les examiner, retenant mon souffle, impressionnée.

Les gravures représentaient des formes de dragonnes et d'autres silhouettes qui semblaient presque humaines. Mais pas tout à fait. Elles étaient un peu trop grandes et un peu trop minces pour être une représentation exacte. Comme la femme fée que nous avions croisée plus bas dans les grottes, comme l'homme fée à qui j'avais vu ma mère parler.

Les dragonnes et les fées se tenaient côte à côte, parfois en train de se toucher, parfois face-à-face. Dans une illustration, une silhouette de fée était assise à califourchon sur le dos d'une dragonne. Il y avait peu de détails au niveau des visages, mais toutes les images me renvoyaient une ambiance chaleureuse.

J'effleurai de mes doigts les sillons fins dans la pierre.

— Je pense que ça doit être quelque chose que les métamorphes dragonnes et les fées ont créé ensemble, dis-je. Et ça doit dater d'il y a très longtemps s'il n'y a aucune archive mentionnant le fait qu'elles passaient du temps ensemble.

Aaron acquiesça de la tête en s'approchant derrière moi. Je tournai autour du piédestal pour lui laisser de la place, et mon regard tomba pas seulement sur des images, mais aussi sur des mots gravés de l'autre côté de ce dernier.

Entre fées et dracos, à un pouvoir nous avons donné naissance pour offrir la plus grande clairvoyance. Devant être pris à une époque où aucun autre pouvoir n'est en mesure de remettre de l'ordre dans le monde.

Un frisson me parcourut en lisant ces mots. Au-dessus d'eux, les images représentaient une silhouette levant le cristal, puis le laissant tomber. Dans la dernière gravure, une flamme irrégulière explosait hors de celui-ci, recouvrant la silhouette.

Était-ce ce que j'étais censée faire ? *Briser* ce cristal ? Je n'étais même pas sûre de ce qu'*était* ce pouvoir. Et la simple pensée de toucher ce cristal brillant me rendait nerveuse.

Il attendait ici depuis des siècles. Est-ce qu'il *m*'était vraiment destiné ?

C'était ce que pensait Maman. Elle avait presque réussi à venir jusqu'ici D'après ce qu'elle m'avait dit dans sa vision, elle devait avoir voulu me ramener le cristal pour que je prenne son pouvoir. Tous ces voyages loin de la maison, je supposais qu'elle veillait sur la communauté de métamorphes, observant comment ils s'en sortaient sans nous. Ce qu'elle avait vu, le désarroi dont les alphas m'avaient parlé, l'avait conduite ici. À cette mesure désespérée.

Peut-être qu'à une époque où toutes les communautés

surnaturelles étaient en conflit, où les métamorphes renégats avaient pratiquement réussi à éradiquer la race des dragonnes, peut-être que nous devions nous tourner vers quelque chose de plus grand.

Peu importait dans quoi je m'engageais, on était arrivés jusqu'ici. Je devais franchir cette dernière étape, ou tout ce voyage n'aurait servi à rien.

West tournait autour de la pièce prudemment, mais il ne fit aucun commentaire. Marco marchait tranquillement à mes côtés pour lire les mots pour lui-même. Nate resta à côté de la porte comme s'il montait la garde... et peut-être aussi pour maintenir une petite distance avec moi après mon emportement. Je ne regrettai rien de ce que j'avais dit, mais je sentais sa peine depuis l'autre côté de la pièce. Ça m'attristait.

Dès que j'en aurais fini avec ça, on pourrait passer à autre chose. Et personne ne pourrait affirmer que je n'étais pas assez puissante pour me défendre.

Je sentais tous les yeux des alphas sur moi au moment où je levai le cristal du piédestal. La surface à facettes était brillante et dure comme du verre, mais encore plus chaude que l'air autour d'elle. Je cédai à l'envie irrépressible de serrer le cristal contre ma poitrine. La chaleur vacillante me léchait, m'invitant. Voulant s'infiltrer en moi.

Mon cœur martelait dans ma poitrine. Je levai le cristal au niveau de mon front. La lumière à l'intérieur brillait dans un arc-en-ciel de couleurs. Ma poitrine se serra. Je me blindai de l'intérieur et brisai le cristal contre le sol en pierre à mes pieds.

De la lumière explosa au-dessus de moi avec un afflux de chaleur encore plus marqué. Une énergie fulgurante se répandit à travers ma peau et dans mes os. Mon pouls commença à devenir irrégulier et ma bouche à devenir sèche. Mince, c'était intense.

L'énergie flamboyait de l'intérieur, juste devant mes yeux. La salle autour de moi disparut dans une brume scintillante. Une silhouette se découpa et émergea de cette brume.

— Salutations, être noble, dit-elle tandis que l'énergie vrombissante m'enveloppait de plus en plus fort. La flamme de vérité est tienne. Brûle pour détruire ou brûle les mensonges pour chercher ce qui est réel : le choix t'appartient. Maintenant va de l'avant !

Elle disparut dans la lumière. L'énergie se rétracta en moi avec un soubresaut. La sensation de brûlure qu'elle dégageait envahit ma poitrine, provoquant des picotements sans être franchement douloureuse.

Le voile sur mes yeux commença à se dissiper, mais je ne parvenais pas à voir les hommes qui se tenaient autour de moi. Dans la lumière faiblissante, une autre vision apparut.

Ma mère entra dans la pièce. Mon cœur bondit, mais je remarquai ensuite qu'elle était exactement comme elle l'était dans mes autres visions d'elle datant de sept ans plus tôt. Les mêmes vêtements, le même âge. C'était le passé et non le présent.

Ses cheveux étaient ébouriffés et ses joues sales, mais une lueur de détermination brillait dans ses yeux. Son regard se posa sur le cristal, sur l'image de ce dernier qui était réapparu comme faisant partie de cette vision.

— Là, murmura-t-elle comme si elle hésitait à troubler la tranquillité de cet espace.

Elle s'avança vers le piédestal, vers l'endroit où je me tenais au-delà de celui-ci. Je déglutis avec difficulté, serrant ma main pour lutter contre l'envie de la toucher.

Elle ne pouvait pas me voir. Tout ça s'était déjà produit. Mais elle semblait tellement proche.

Maman tendit ses mains vers le cristal. Ses doigts étaient sur le point de se refermer autour de lui lorsque quelque chose lui fit brusquement tourner la tête. Je n'avais rien entendu, mais la vision ne semblait contenir aucun son. Juste l'afflux d'énergie qui palpitait autour de mes oreilles.

Tout à coup, une multitude d'autres silhouettes se répandirent dans la pièce comme si elles étaient tout droit sorties des murs. Au moins une dizaine de fées élancées et scintillantes. L'une d'entre elles, un homme, se rua entre maman et le piédestal. Il la repoussa en arrière, grâce à une étincelle de magie. Ses lèvres bougèrent, mais je n'arrivais pas à distinguer les mots qu'il prononçait.

Maman répondit quelque chose, quelque chose qui exprimait de la colère d'après la lueur dans ses yeux. Une des autres fées secoua la tête. Une femme fée s'avança en faisant un grand geste de la main vers la porte.

La mâchoire de ma mère se serra. Je sentis qu'elle commençait à se métamorphoser avant même que son corps ne se contracte avec les débuts de la transformation. Mais les fées le sentirent elles aussi. Plusieurs d'entre elles, tout autour d'elle, lancèrent simultanément des explosions magiques scintillantes sur elle.

Les explosions atteignirent ma mère dans une salve d'étincelles. Elle tituba, hésitante dans sa tentative de se transformer. Ses bras levés en position de défense, elle se retourna brusquement, mais les fées dirigeaient d'autres attaques de magie scintillante vers elle. Elles heurtèrent son corps, la faisant tomber à genoux.

Un cri resta bloqué dans ma gorge. Mes jambes brûlaient d'envie de courir vers elle, comme si je pouvais l'aider. J'essayai de les bouger, et mes pieds restèrent collés au sol. Je ne pouvais rien faire à part rester là et regarder ce fragment d'histoire se dérouler.

Maman n'était pas encore vaincue. Elle s'obligea à se relever et elle se rua sur une des fées. Son visage commença à se transformer, des écailles recouvrant sa peau çà-et-là, le scintillement d'une flamme de dragon jaillissant de sa bouche.

La femme fée grimaça, mais il y en avait beaucoup d'autres. Avant que Maman ne puisse aller plus loin dans sa transformation, elles la prirent dans une autre vague déferlante de magie.

Elle tomba de nouveau, cette fois sur le côté. Sa poitrine tremblait pendant qu'elle essayait de respirer. Ses lèvres bougeaient pour former des mots que je ne pouvais pas entendre. Puis, l'homme fée qui l'avait empêchée d'aller jusqu'au piédestal se rapprocha. Il frappa dans ses mains et lança une pointe d'énergie chatoyante directement vers la tête de maman.

Elle s'effondra, son corps s'écroulant contre le sol. J'étouffai un sanglot. Les fées se regardèrent les unes les autres, une expression déterminée traversant leurs visages. Une par une, elles levèrent leurs mains au-dessus de la forme de Maman. Un flot de lumière, puis un autre, puis encore un autre, se déversèrent sur elle.

Les contours de son corps scintillèrent avant de

commencer à se désintégrer lentement. Mon estomac se retourna. J'étais incapable de rester sans rien faire plus longtemps. Peu importait que cet horrible moment soit déjà passé, sept ans plus tôt. Je *devais* arrêter ça.

Les muscles de mes jambes se contractèrent pour arracher mes pieds du sol avec toute la force que j'avais en moi, pour courir vers elle... mais mes articulations étaient bloquées. Un étau semblait s'être resserré autour de mes poumons.

Tu dois regarder, résonna une voix faible à l'arrière de mon crâne. *Regarde et sois témoin.*

Ce fut donc ce que je fis. Je regardai, mes yeux devenant de plus en plus chaud de mes larmes tandis que la magie des fées dévorait le corps de ma mère. Je brûlais d'envie de détourner le regard pour ne pas assister à cette lente destruction, mais en même temps c'était comme s'il était de mon devoir d'en être témoin. Pour prendre acte de ce qu'il était advenu de ma mère... et de qui lui avait fait ça.

Lorsque son corps eut complètement disparu, les fées reculèrent. La bouche de l'homme qui semblait être leur chef formait une ligne sinistre, mais il se frotta les mains comme si tout ça n'avait été rien de plus qu'un peu de travail rapide. Elles disparurent dans de fines volutes de fumée, rentrant de nouveau dans les murs.

La vision se détacha de moi. La pièce devint de nouveau plus nette. Mes jambes chancelèrent et je me cramponnai au piédestal pour garder mon équilibre.

Marco et Aaron, toujours près de moi, serrèrent chacun une de mes épaules. Leur présence me stabilisait sur mes pieds, mais mes yeux étaient déjà remplis de larmes. J'inspirai avec difficulté.

— Qu'est-ce qui s'est passé ? dit Nate s'éloignant la porte. Pendant quelques minutes, tu avais l'air d'être dans un autre monde.

— J'ai vu ce qui s'est passé ici il y a sept ans, dis-je.

Ma voix était enrouée. Je m'éclaircis la gorge et forçai le reste des mots à sortir.

— Elles l'ont tuée. Les fées ont tué ma mère.

11

Ren

Aaron écarquilla les yeux en à mon annonce. Marco pressa mon épaule plus fort, mais je n'avais pas envie de réconfort en cet instant précis. Je voulais des réponses.

Je m'écartai de lui, me dirigeant à grands pas vers le mur. Un des murs d'où les fées étaient sorties dans ma vision. J'essuyai mes yeux larmoyants avec mon bras et élevai la voix dans un hurlement.

— Vous ! Les fées ! Où êtes-vous ? Arrêtez de vous cacher et sortez de là. Assumez ce que vous avez fait, bande d'enfoirées. Je vous interdis de vous cacher et faire semblant de ne pas savoir...

Ma voix se brisa dans un grognement de frustration. Je m'en pris à la roche, mes griffes de dragonne ressortant déjà de mes doigts. Elles creusèrent des trous dans le mur, mais je n'obtins aucune satisfaction de cet acte de destruction. Les fées ne s'étaient pas montrées. Putains de lâches. Plus d'une dizaine d'entre elles se liguant contre une femme, la brutalisant jusqu'à ce qu'elle ne puisse même plus tenir debout...

Ma mâchoire se serra.

— Serenity, commença Aaron, mais je me sentais tout sauf sereine.

Je me retournai brusquement en jetant ma doudoune. Si les fées ne venaient pas à moi, il me suffisait que je les traquer et que je les *fasse* payer.

Mes muscles vibraient tandis que mon corps se transformait entièrement pour prendre sa forme de dragonne. Je remplissais presque la moitié de la pièce. Le piédestal semblait minuscule tout d'un coup. Je fis le tour de celui-ci, mes narines frémissantes.

Là. Une faible odeur subsistait sous l'odeur de la roche froide. Rappelant celle de l'herbe coupée mélangée à de la neige fondue. Je ne l'avais jamais remarquée avant, mais mon instinct me disait que c'étaient celle des fées. J'inhalais profondément, essayant de suivre la piste, puis marquai une pause.

Je savais que c'étaient les fées... et je savais aussi qu'elle était ancienne. Elle sentait le renfermé. Mes sens de dragonne indiquaient que cette odeur avait été laissée quelques jours plus tôt. Peut-être que la femme fée qui nous avait parlé de la belette et ses compagnons étaient passés par-là.

Je me laissai rétrécir jusqu'à atteindre une taille presque humaine pour pouvoir me précipiter à travers l'entrée étroite. Puis je me mis à arpenter la grotte sur toute sa longueur sous ma forme de dragonne. Je goûtai l'air sur ma langue, inhalant avec vigueur.

Pas la moindre once d'une odeur fraîche de fée ne parvenait jusqu'à moi. Elles n'étaient pas là. Ces ordures étaient vraiment parties.

Je repris ma forme humaine avec un grognement de frustration. Le sol en pierre glaçait ma peau nue, mais je m'en fichais. Je relevai mes genoux contre ma poitrine et appuyai mon visage contre eux, retenant un sanglot. Les larmes creusaient des chemins glacés descendant jusqu'à mes jambes.

Maman était morte. Elle était morte depuis sept ans, et pendant tout ce temps je savais que c'était une possibilité, mais à présent c'était totalement réel. Il n'y avait aucun espoir pour un autre dénouement.

Je refusais de l'accepter. Elle était venue ici pour moi. Parce qu'elle voulait me donner tout le pouvoir qu'elle pouvait me transmettre afin que je puisse assumer ce rôle de chef de toutes les familles de métamorphes. Parce qu'elle n'avait pas voulu *me* mettre en danger en m'emmenant avec elle. Peut-être que si nous avions été ensemble, si j'avais su ce que j'étais à l'époque...

Des bruits de pas raclèrent le sol. Un des hommes couvrit mes épaules avec ma doudoune. Ils se rassemblèrent tous pour former un demi-cercle autour de moi.

— Je savais qu'on ne pouvait pas faire confiance aux fées, marmonna West. Elles ont aidé les renégats et elles nous ont piégés de toutes les façons possibles.

— Quelle stratégie ! dit Marco. Faire comme si nous avions été abattus par notre propre espèce afin de ne pas avoir de problème pour avoir rompu le traité. Très sournois. J'admirerais presque leurs stratagèmes si elles ne les avaient pas utilisées contre moi.

— Je ne pense pas que ce soit le moment de plaisanter, dit Nate avec une moue que je pouvais entendre.

Aaron s'agenouilla devant moi. Au moment où je levai la tête pour regarder mon âme-sœur dans les yeux, il posa sa main sur la mienne. Son expression était solennelle.

— On ne laissera pas passer ça, dit-il. Les fées ont commis un crime et elles devront en répondre.

— Comment ? dis-je d'une voix rauque.

J'avais l'impression que ma gorge était nouée à cause des larmes que je n'avais pas versées.

— Quand on descendra de la montagne, dans tous les cas la première chose qu'on fera c'est d'aller dans les centres de la communauté des métamorphes pour faire savoir que nous t'avons retrouvée et que tu as endossé ton rôle en tant que métamorphe dragonne. On peut commencer par le domaine aviaire comme c'est celui qui est le plus près d'ici et que notre lien entre âmes-sœurs est déjà consommé... et parce que la reine des fées a son domaine à seulement une courte distance. On portera cette affaire directement devant elle.

— N'y a-t-il pas autre chose dont il faut qu'on parle avant ? dit Marco. Que s'est-il passé avec ce cristal ? Ta mère a fait tout ce chemin jusqu'ici pour une raison, princesse, quel est ce pouvoir qu'elle voulait que tu aies ?

Je dépassais la douleur et le deuil ainsi que l'endolorissement de mes muscles que j'avais trop forcé pour atteindre ma conscience au plus profond de moi. Rien en moi ne semblait tellement différent. *La flamme de vérité*, c'était ainsi que l'étrange silhouette l'avait appelé quand j'avais brisé le cristal. *Brûle pour détruire ou brûle les mensonges.*

Mes poumons se réjouissaient à l'idée de cracher du feu. Est-ce qu'à présent j'étais capable de produire un autre type de flammes ? Je ne pensais même pas être capable de me retransformer en dragonne après deux transformations aussi rapprochées dans le temps. Je devais renforcer mon endurance.

— Je ne suis pas sûre, dis-je. Il y a un rapport avec les flammes de ma dragonne et le fait de rechercher la vérité. C'est la flamme qui se trouvait dans le cristal qui m'a montrée ce qui était arrivé à ma mère. D'une certaine manière, j'étais censée être capable de l'utiliser pour savoir ce qui était vrai ? Mais je ne l'ai pas reçu avec un manuel d'utilisation ni instructions.

Ça aurait été bien si ça avait été le cas. Je supposais, comme tout le reste depuis que ma vie avait pris ce tournant démentiel, que je devais simplement le découvrir au fur et à mesure.

— Ça a l'air utile étant donné la tournure des évènements, dit Nate. Tu seras capable de nous dire qui croire.

— Une fois que j'aurais compris comment l'utiliser.

J'essuyai de nouveau mes yeux et m'obligeai à me lever. Ma perte pesait encore lourdement sur moi, mais j'avais mes quatre alphas à protéger désormais, pendant qu'ils me protégeaient moi. J'avais toute une communauté de métamorphes sur laquelle je devais veiller.

Et les fées qui avaient tué ma mère étaient toujours là, quelque part, commettant qui savait quels autres crimes contre nous.

— Très bien, dis-je. Partons de cette montagne, et ensuite je veux avoir un entretien avec la reine des fées.

Je levai la tête en sentant l'odeur du sel s'insinuant dans le SUV. Nous arrivions sur la côte. Ce qui voulait dire que nous nous approchions du domaine situé à côté de l'Océan Pacifique d'où Aaron gérait le groupe de la famille aviaire.

Aujourd'hui, j'allais les *rencontrer* en tant que son âme-sœur mais aussi un de de leurs chefs. Ma peau me démangeait à cette pensée. Je me roulai encore plus en boule sur le siège arrière et regardai de nouveau mon téléphone. Kylie venait juste de répondre à mon dernier message.

J'aimerais pouvoir être là avec toi, Ren. Tu ne devrais pas avoir à faire face à des nouvelles de ce genre sans ta meilleure amie. Je sais à quel point ta mère comptait pour toi.

Moi aussi, j'aimerais que tu sois là, répondis-je.

L'élément réconfortant lié au fait de quitter la montagne avait été de récupérer du réseau sur mon téléphone. Même s'il y avait encore beaucoup de choses dont je ne savais pas vraiment comment parler à Kylie. Il était plus facile de plaisanter.

Tu es juste triste de ne pas pouvoir te rincer l'œil.

Hey, ce sont tes mecs ! Je ne déconne pas avec les mecs qui sont pris. Mais tu ne peux pas en vouloir à une nana d'apprécier la vue. Elle ajouta un emoji clin d'œil. *Tu arrives à gérer ça ? Est-ce qu'il y a quelque chose que tu veux que je t'envoie d'ici ?*

Je réfléchis, mais nous venions juste d'emménager dans notre appartement. Je n'avais pas vraiment accumulé beaucoup de biens personnels pendant les années où je vivais dans la rue. Une partie de moi rêvait de se blottir sous la couverture en crochet que nous avions étendue sur le dossier du canapé usé que nous avions eu la chance de trouver, et de ressentir de nouveau l'environnement familier de la maison. Mais il y avait d'autres choses dont je devais m'occuper avant.

Il n'y avait pas que le domaine aviaire devant nous. Les terres de la reine des fées se trouvaient également à proximité.

Je n'avais pas parlé à Kylie de cette partie du voyage. Je ne lui avais même pas raconté ce que j'avais vu de la mort de ma mère, seulement dit que je l'avais vue. Si elle savait que j'étais sur le point de confronter un groupe de meurtriers dotés de pouvoirs magiques, elle aurait *vraiment* paniqué.

Quel intérêt y avait-il à l'inquiéter alors qu'elle était trop loin pour aider ?

— On est arrivés ? cria Marco depuis le siège situé devant moi avec une voix faussement enfantine.

Je donnais un petit coup dans le dossier de son siège et il m'adressa un sourire amusé.

Aaron eut un petit rire depuis là où il était assis, à l'avant, à sa place habituelle de copilote.

— Presque. Pourquoi est-ce que les chats sont toujours aussi impatients ?

— Parce qu'on sait qu'on a beaucoup à apporter au monde et qu'on ne supporte pas d'être ralentis, déclara Marco.

Il appuya ses pieds contre le siège passager devant lui.

Nate, qui était assis dans ce dernier, émit un grognement en guise de fin de non-recevoir.

— Je ne me rappelle pas que tu aies beaucoup apporté à *ce* voyage hormis ton choix des plats les plus chers au restaurant hier soir.

Marco fit un geste de la main pour balayer ces propos.

— Je viens juste de passer une semaine sur une montagne à manger des produits non périssables. Y compris de la nourriture qui était purement et simplement empoisonnée. On méritait *tous* un bon repas après ça.

Personne ne me regarda au moment où il prononça ces paroles, mais je sentis malgré tout le déplacement de l'attention sur moi. Ils avaient tous, sauf West, proposé de me tenir compagnie sur la banquette arrière, mais je leur avais dit que je voulais un peu de temps pour moi pour réfléchir et discuter avec Kylie. Je savais qu'ils étaient toujours inquiets à propos de ma réaction après avoir découvert la mort de Maman. Je n'avais pas eu envie de manger beaucoup au restaurant, c'était vrai. Je voulais seulement sortir de là et que justice soit faite.

Comme s'il avait lu cette pensée, Aaron dirigea sa voix vers moi.

— Dès qu'on arrivera, j'enverrai l'un des miens demander une audience avec la reine des fées. Elle ne devrait pas mettre trop de temps à répondre.

— Et je suis sûr qu'elles seront ravies de nous divertir, grommela West de l'endroit où il était assis, à côté de Marco.

Je l'ignorai.

— Merci, dis-je à Aaron.

L'odeur du sel dans l'air devint plus forte. Le SUV remonta vers un portail en fer forgé accroché à un mur élevé en pierres. Mon pouls se mit à battre plus vite. Je glissai instinctivement ma main dans ma poche pour serrer le médaillon de Maman. Le métal massif me donnait l'impression d'être légèrement plus ancrée sur terre.

Je pense que je ferais mieux de te dire au revoir pour le moment, envoyai-je à Kylie. *Apparemment, je suis presque arrivée.*

Vas-y, et sois la meilleure reine métamorphe dragonne qu'ils aient jamais vue ! répondit-elle.

Je souris, mais tandis que je posais mon téléphone, je ne me sentais pas reine du tout. Je portais un T-shirt et un jean, et je n'étais pas maquillée, mon corps était encore endolori suite à toute cette randonnée pour monter et descendre de la montagne. Je n'avais pas la moindre idée de ce à quoi m'attendre du domaine métamorphe.

Aaron avait expliqué que les groupes de familles avaient chacun une sorte de centre d'opérations, les aviaires au nord-ouest, les canidés au nord-est, les félins au sud-est et le groupe hétéroclite que dirigeait Nate au sud-ouest. Les alphas voyageaient à travers tout le pays selon les besoins, mais ils s'entretenaient avec leurs conseillers et ils conservaient leurs archives sur le domaine. N'importe quel métamorphe qui avait besoin d'aide pouvait toujours aller là-bas et saurait qu'il serait pris en charge.

Les métamorphes dragonnes avaient leur domaine également, un domaine qui avait été laissé vacant pendant seize ans. En plein milieu du pays afin de ne pas favoriser un groupe de familles plutôt qu'un autre. C'était là que toute ma famille se trouvait lorsque les renégats avaient lancé leur première attaque.

Mon estomac se noua à la pensée de retourner à cet endroit. J'avais des souvenirs heureux de mon enfance datant des cinq premières années pendant lesquelles j'avais grandi là-bas... mais mes derniers souvenirs de la maison et des terres qui l'entouraient étaient remplis de violence et de panique.

Des trilles nous parvinrent depuis les côtés du van. Je regardai à travers la vitre. Un immense manoir venait juste d'apparaître devant nous. Toutes ses fenêtres étaient éclairées par des lumières intérieures au cœur de la nuit qui tombait. Des colonnes en marbre blanc entouraient les doubles portes, et des sculptures de silhouettes rappelant des oiseaux étaient regroupées le long des corniches du toit incliné.

Des lanternes scintillantes étaient suspendues aux arbres qui bordaient la route qui menait au manoir. Une énorme cour s'étendait entre les terrains boisés et le large perron du manoir. Dans cette cour, une ribambelle de silhouettes s'étaient rassemblées. Elles tournoyaient en rythme avec la musique, faisant balancer leurs propres lanternes.

Puis quelqu'un a dut apercevoir le SUV. Des acclamations montèrent. Les danseurs s'immobilisèrent pour observer notre arrivée.

Aaron me lança un regard.

— Toute ma famille a hâte de te rencontrer, dit-il. Ils avaient envie que ta première visite ici soit spéciale.

Je serrai mes bras autour de moi, essayant de me calmer. Ces métamorphes avaient envie de m'apprécier.

J'étais l'âme-sœur de leur alpha. Mais aller au milieu cette foule excitée était très différent d'être questionnée et scrutée par un petit groupe de villageois dans le village de métamorphes où nous nous étions arrêtés sur notre chemin vers la montagne. Il devait y avoir des centaines de personnes réunies devant nous.

— Je ne sais pas quoi leur dire, dis-je. Ni quoi faire. Ni...

— Sois juste toi-même. Sois notre princesse des Flammes.

Marco m'adressa son sourire en coin.

— Personne ne pourrait demander plus.

Je n'en étais pas certaine. Mais tandis que Nate arrêtait le SUV à la lisière de la cour, je me tenais le dos droit.

On y était. C'était le début de tout le reste de ma vie en tant que métamorphe dragonne qui maintenait unies les quatre groupes de familles de métamorphes. Je m'étais battue pour être ici. Et à présent, j'allais faire aussi bien que je le pouvais.

12

Une femme qui sentait l'odeur d'un moineau me percuta dans le dos. Une seconde plus tard, une métamorphe moineau me bouscula sur le côté avec son coude. Je me frayai un chemin vers la lisière de la cour en serrant les dents. La musique semblait résonner de tous les côtés, juste légèrement plus forte que la cacophonie des voix. Et il y en avait beaucoup. Les aviaires avaient toujours énormément de choses à dire.

Les loups étaient des animaux qui vivaient en meute, mais une bonne meute en comptait dix, voire une quinzaine. Nous n'aimions pas les *attroupements*. Pas assez d'espace pour courir, pas assez d'espace pour manœuvrer. Comment quelqu'un pouvait aimer ça, je n'en avais pas la moindre idée. Et personne ici n'accordait les moindres égards à mon statut d'alpha. Toute leur attention était concentrée sur *leur* chef qui était de retour... et bien sûr sur son âme-sœur à ses côtés.

Je lançai de nouveau un regard à la masse de têtes qui dodelinaient. La famille d'Aaron avait installé une plateforme au milieu de la cour afin qu'il puisse se tenir sur cette dernière et mettre en avant Ren. La métamorphe dragonne souriait et serrait des mains, acceptant des accolades, mais sa posture était tout aussi hésitante qu'elle l'avait été dans ce village canin, lorsque les gens avaient fourmillé autour d'elle.

Un pincement qui ne me plaisait pas envahit mon cœur. L'envie d'aller vers elle, de lui apporter ma présence réconfortante. Était-elle vraiment prête pour ça ?

Je serrai ma mâchoire. Si elle voulait ce rôle, elle allait devoir l'être. Cette fois, je ne pouvais pas intervenir et l'éloigner pour lui donner de l'espace pour respirer. C'était la présentation du métamorphe aigle. De toutes façons, c'est elle qui l'avait voulu en consommant le lien entre âmes-sœurs avec Aaron. Qu'elle l'ait.

Je détournai les yeux et aperçus Marco à la lisière de la cour. Je m'étais attendu à ce que le métamorphe jaguar soit là-bas, au milieu des festivités, étant donné la manière dont il aimait courir après l'amusement comme s'il s'agissait d'une souris alléchante. Mais peut-être qu'il avait sa propre soirée privée ici. Il avait rassemblé autour de lui un groupe de métamorphes qui ne semblaient pas tous aviaires. Au moment où je m'approchai d'eux, je pris une bonne bouffée d'air. Des félins, tous sans exception.

— C'est quoi cette convention de chats ici ? demandai-je.

Le regard de Marco se posa sur moi. Il fit une pichenette dédaigneuse.

— Une délégation de ma famille m'a rejoint ici. À

New York, les vampires piquent une crise. Rien que nous ne puissions pas gérer nous-mêmes.

Les vamps. Je fis une grimace.

— Après cette rencontre sur leur territoire, je ne peux pas leur en vouloir d'être énervés.

— Eh bien, on n'avait pas trop d'autres choix que de nous battre contre eux, pas vrai ? Et maintenant, on affronte les fées. Même si pour être honnête, dans ce cas ce sont elles qui ont commencé.

Un des autres métamorphes félins tapota le coude de Marco. Celui-ci se pencha pour écouter les propos que le mec ne voulait pas que j'entende. Comme si leur discussion privée pouvait m'intéresser d'une quelconque manière. J'étais ravi de les laisser maîtriser les vamps.

Bien sûr, je préférais avoir affaire aux vamps qu'aux fées. Des picotements parcourent ma peau au moment où je me retournai.

Ren était tellement déterminée à se mesurer à la reine des fées. Elle n'avait pas la moindre idée de ce dans quoi elle s'engageait. Pas la moindre putain d'idée de la dangerosité des fées. Elles avaient tué sa mère pour l'empêcher d'accéder au mystérieux pouvoir que Ren portait désormais en elle, ce qui voulait dire qu'elles considèreraient Ren comme une menace deux fois plus grande. Aller à leur rencontre, peu importe combien leurs crimes passés étaient horribles, revenait à chercher des ennuis.

Mais notre métamorphe dragonne n'aimait pas qu'on lui dise *non*, n'est-ce pas ? Mes yeux furent de nouveau attirés vers elle tandis qu'elle se tenait sur la plateforme. Je ne pouvais pas nier que même dans ses vêtements humains ordinaires, il y avait quelque chose de royal en elle. Elle se transformait en quelque chose de majestueux.

Quelque chose que j'avais envie de toucher, de goûter et de posséder.

Une montée de désir afflua dans mes veines. Je la réprimai, la repoussant hors de moi.

Comment savoir si ce sentiment était vraiment le mien et pas seulement un symptôme du lien entre âmes-sœurs, lien qui n'existait qu'à cause de ce que nous étions et pas à cause de qui nous étions ? Mon instinct me poussait vers elle, mais ça ne voulait pas dire que c'était la bonne décision. Elle avait encore tellement de choses à apprendre... tellement de discipline à développer...

Je devais m'empêcher de céder à l'envie irrépressible d'être celui qui lui apprendrait.

Mon peuple comptait sur moi pour prendre les bonnes décisions dans ce cas. Pour les guider dans la direction qui leur serait la plus favorable pour *eux*. À présent, Ren avait l'occasion de montrer qui elle était en tant que métamorphe. En tant que la métamorphe dragonne que tous ces gens avaient attendue. Il ne faudrait pas longtemps pour voir si elle brillerait de mille feux ou si elle allait s'éteindre dans un crépitements.

Mon regard était encore rivé sur elle. C'était fou ce qu'elle brillait en cet instant précis. Elle fit un grand sourire à une femme qui était montée sur la plateforme pour lui présenter ses hommages, et son visage se tourna vers moi. Je baissai la tête avant qu'elle ne puisse me surprendre en train de la regarder.

Elle avait déjà bien trop vu le pouvoir qu'elle détenait

sur *moi*. Je devais garder mes distances tant que je n'étais pas sûr.

Ren

Aaron toucha le bas de mon dos et se pencha pour que je puisse l'entendre par-dessus le bruit de la foule autour de nous.

— Tout va bien ? demanda-t-il.

— Ouais, dis-je avec un sourire sincère.

Mon corps se balançait automatiquement au rythme de la musique qui fusait dans toute la cour. L'énergie nerveuse que je ressentais plus tôt s'était transformée en une euphorie plus agréable.

— Je vais bien. Je veux dire, c'est un peu envahissant, mais... Tout le monde est tellement gentil. De quoi est-ce que je pourrais me plaindre ?

Il eut un petit rire.

— Ravi de l'entendre. Ils attendent ce jour depuis longtemps.

Tout comme lui. Une petite étincelle de fierté s'alluma en moi. Il avait dirigé son peuple seul pendant tellement d'années, depuis l'époque où il à peine plus qu'un petit garçon. Et à présent, je me tenais à ses côtés.

J'enroulai mes doigts autour du devant de sa chemise et j'appuyai mes lèvres contre les siennes. Aaron passa son pouce sur ma joue, m'embrassant en retour avec douceur mais jusqu'à ce que je sois à bout de souffle. Une décharge électrique me parcourut. Soudain, je me mis à beaucoup penser à la foule autour de nous.

Mais ils ne faisaient pas attention à notre bécotage. Des acclamations s'élevèrent autour de nous. Je reculai, rougissant et affichant un grand sourire.

— Désolée.

Aaron éclata purement et simplement de rire en entendant mes excuses.

— Pour quoi ? Ils adorent ça.

Son sourire devint coquin.

— Et moi aussi. Les métamorphes ne sont pas de timidité à montrer des signes d'affection, pas plus qu'on ne l'est quand il s'agit de montrer nos corps. Regarde autour de toi.

Il montra la foule d'un signe de la tête. Je laissai mon regard se promener sur la masse des corps autour de notre petite plateforme. La foule s'étendait sur toute l'énorme cours jusqu'au cercle d'arches en marbre situé à sa lisière et à l'étendue d'arbres au-delà. Malgré les lanternes disséminées autour, il commençait à faire sombre. Je n'avais pas remarqué le comportement dont il était en train de parler jusqu'à ce que je scrute la foule plus attentivement.

Oh. Aux quatre coins des bordures de la cour, appuyés contre les colonnes des arches ou en plein milieu des autres fêtards, des couples étaient en train de se lâcher. S'embrassant, se pelotant intensément, la totale. Je vis un jeune couple qui semblait prêt à conclure là, sur un banc en pierre entre deux des arches. Une femme était en plein extase pendant que son partenaire caressait ses seins sous son chemisier. Un groupe de trois se relayaient pour se dévorer les bouches les uns les autres. Apparemment, les métamorphes dragonnes n'étaient pas les seules à apprécier avoir plusieurs partenaires.

La rougeur de mon visage gagna instantanément tout mon corps.

— Ouah. OK, je suppose que si je devais m'inquiéter de quoi que ce soit, ce serait du fait que ta famille risque de penser que je suis une prude.

Aaron enroula son bras autour de ma taille.

— Tu ne *devras* t'inquiéter de rien. Ils te prendront exactement comme tu es. Et ces activités pourraient être un petit peu plus... euh... extrêmes ce soir que d'habitude en public, même pour nous. Les gens ont beaucoup de temps à rattraper.

Il me fallut une seconde pour comprendre de quoi il parlait. West m'avait dit qu'aucune des familles de métamorphes ne pouvait avoir d'enfants tant que leur alpha ne s'était pas accouplé. À présent, il n'y avait plus aucun blocus au niveau de la conception des bébés. Je me dis qu'il y aurait énormément de nouveaux aviaires qui allait naître d'ici neuf mois.

Énormément de bébés métamorphes de toutes sortes, une fois que j'aurai totalement accepté toutes mes âmes-sœurs.

Cette pensée provoqua en moi une étrange sensation : un mélange d'excitation frivole et d'incertitude anxieuse. Je ne devais pas non plus négliger les autres, même en cet instant... après tout je n'ignorerai pas Aaron lorsque nous serions dans les domaines des autres groupes de familles.

Je scrutai de nouveau la foule, cherchant cette fois mes autres âmes-sœurs. Je ne trouvai ni Nate, ni West, même si mon sens inné de leur présence me disait qu'ils n'étaient pas très loin. Marco se tenait près d'une des arches, en train de parler avec d'autres métamorphes.

Et il fronçait les sourcils, une expression que je n'avais pas souvent vue sur son visage. Mon estomac se noua. Y avait-il un problème ?

— Hey, dis-je à Aaron. C'est ok si je me balade un peu ? Ou est-ce que je suis censée rester ici tout le temps ?

— Fais-toi plaisir, dit-il. Le domaine devrait être entièrement sûr. J'ai demandé qu'on vérifie pour tous ceux qui arrivent la marque de leur appartenance à chaque famille de métamorphe.

Je sautai de la plateforme et fus immédiatement emportée par l'effervescence de la fête. La famille d'Aaron attrapait mes bras avec des petites pressions amicales, criait des remarques joviales dans mes oreilles et me faisait des grands sourires comme si... eh bien, comme si ça faisait seize ans qu'elle attendait de me rencontrer. Je souris en retour jusqu'à ce que mon visage en devienne douloureux. Mon cœur martelait dans ma poitrine, pourtant je n'avais pas envie de quitter toute cette agitation.

C'était la première fois que je me retrouvai quelque part où je me sentais totalement à ma place depuis que je m'étais enfuie avec ma mère il y avait de ça des années.

Je me frayai petit à petit un chemin à travers la foule pour me diriger vers l'arche où j'avais vu Marco. Au moment où j'atteignis celle-ci, je crus au début qu'il était parti. Puis j'entendis sa voix provenant de l'autre côté de l'épaisse colonne en marbre.

— Je ne vois pas en quoi ça te regarde.

— Ça ne me regarde pas ? rétorqua un homme. On est

de ta famille. Et la sécurité du groupe de la famille dépend du fait que tu te bouges le cul et que tu lui mettes la corde au cou.

Que tu lui mettes la corde au cou. De quoi est-ce qu'ils étaient en train de parler ? J'hésitai, soupçonnant que si j'entrai à cet instant dans la conversation, cette dernière s'arrêterait instantanément.

— J'y travaille, dit Marco. Je suis sûr que c'était beaucoup plus facile pour les alpas dont les âmes-sœurs savaient dans quoi elles mettaient les pieds plus de deux semaines à l'avance.

Quelqu'un d'autre, une femme cette fois, ricana.

— Où sont ces charmes dont tu faisais tellement l'éloge ? Tu sais combien il y en a qui seraient heureux de prendre ta place s'il semble qu'il y ait une ouverture. Et tant que tu n'as pas consommé ce lien...

— Je *sais*, répliqua sèchement Marco. Merci beaucoup de vous inquiéter pour moi, mais je vous assure que je ferai le boulot. Et avant le loup ou avant que notre grizzly local n'y arrive eux aussi.

Son ton était si méprisant que les poils de ma nuque se hérissèrent. Je reculai, me mêlant à la foule, détestant soudain la pensée que l'un d'entre eux puisse remarquer que j'étais là.

Il était évident que c'était de moi dont ils étaient en train de parler. Ils harcelaient Marco à propos de notre lien incertain. Mais il ne m'avait pas vraiment défendu, n'est-ce pas ? Il donnait l'impression que... que le fait d'être mon âme-sœur était une sorte de compétition. Ou de *boulot*. C'était le mot qu'il avait utilisé.

Je repensai à la manière dont il m'avait parlée l'autre

nuit, quand nous avions failli consommer notre relation. Il avait longuement parlé d'à quel point il tenait à moi, de la vie que nous aurions ensemble…

Mon estomac se retourna. Est-ce que rien de tout ça était vraiment sincère ? Ou est-ce qu'il avait simplement pensé qu'une poignée de mots doux était le meilleur moyen de me faire céder à ses « charmes » ?

D'autres métamorphes aviaires me saluèrent et je parvins à sourire, mais je sentais un pincement de douleur dans mon ventre. Je pensais que si je pouvais faire confiance à *quelqu'un*, c'était à mes âmes-sœurs. Même à West malgré son caractère bourru. Et si j'avais eu tort ?

Sans le faire exprès, je retournai à proximité de la plateforme. Aaron sauta de cette dernière pour venir à ma rencontre. Il vit l'expression de mon visage et posa sa main sur ma joue. Je m'appuyai contre cette dernière, y trouvant autant de réconfort que possible.

— Est-ce que la fête devient un peu trop pour toi ? dit-il.

Non. Je n'allais pas laisser quelques remarques stupides m'empêcher de profiter pleinement de ce moment. Je pourrais décider plus tard de comment m'occuper de Marco, quand je pourrais lui parler en privé. Ce soir, ce qui comptait c'était de célébrer ce que nous avions obtenu.

J'enroulais mes doigts autour de la paume d'Aaron.

— Je vais bien. Tu veux danser ?

— Je ne refuserai jamais cette demande de ta part.

Il posa son autre main sur ma taille et me fit tourner, suffisamment vite pour qu'un rire jaillisse hors de moi malgré moi. Puis il m'attira plus près de lui, et nous tournâmes tous les deux en rythme avec la mélodie qui se diffusait dans l'air.

— Quand penses-tu pouvoir contacter la reine des fées ? demandai-je.

Je ne pouvais pas non plus oublier cette autre raison pour laquelle nous étions venus ici. Je ne pourrais pas arriver à me sentir bien tant que je n'aurais pas obtenu une sorte de justice pour Maman.

— Je l'ai déjà fait, dit Aaron. J'ai envoyé quelqu'un à sa citadelle il y a environ une heure. On devrait avoir sa réponse d'ici demain.

Il serra ma main plus fort.

— Et si elle essaye de refuser de nous recevoir, je m'assurerai qu'elle change de discours, tu peux me croire.

13

Le ciel était devenu presque noir au-dessus du jardin, scintillant de poussière d'étoiles. J'inclinai ma tête vers elles, laissant leur faible lueur me baigner tandis que je me promenais sur le sentier.

La fête organisée par la famille aviaire commençait à peine à se calmer. La musique et les conversations provenant de la cour se faisaient toujours entendre par-dessus les haies. Quelques minutes plus tôt, je m'étais finalement éclipsée en passant sous une des arches pour aller dans cet endroit plus tranquille. Parfois, une fille a besoin d'espace pour respirer.

L'air chaud et salé apportait un tel soulagement après tout ce temps passé dans le froid de la montagne. Je fermai les yeux, m'en délectant. Une légère brise faisait bruisser les fleurs et les haies autour de moi. Un doux parfum s'élevait des buissons pour se mêler à l'odeur de l'océan. Le bruit des vagues me parvenait depuis l'autre côté de la maison, à peine audible pour mes oreilles de métamorphe.

Au moment où j'inspirai de nouveau, une autre fragrance atteignit mes narines. Quelque chose de plus sombre, qui rappelait la terre avec une pointe d'odeur de pins. Avant d'ouvrir les yeux, je savais que j'allais voir West près de moi.

Le métamorphe loup se tenait à côté d'un treillage en bois. Une vigne en fleurs remontait le long des lattes entrecroisées au-dessus d'un banc en pierre semblable à ceux qui se trouvaient autour de la cour. Le visage de West était tourné vers l'autre bout du jardin et du haut du mur du domaine visible au-delà de celui-ci. Ses mains étaient accrochées aux poches de son jean et sa tête était penchée sur le côté à un angle qui lui donnait un air pensif.

J'hésitai, le lien entre âmes-sœurs me poussant à aller vers lui tandis que ce qui était probablement du bon sens me suggérait de le laisser tranquille. S'il avait voulu de la compagnie, il n'aurait pas fait tout le chemin jusqu'ici alors que la soirée n'était pas finie. Et ce n'était pas comme s'il avait déjà agi comme si l'idée de passer du temps avec *moi* l'enchantait.

Mais peut-être que c'était précisément pour ça que je devais aller le voir. Il se comportait parfois comme un connard avec moi... OK, très souvent... mais je pouvais comprendre pourquoi. J'avais vu à quel point il tenait à sa famille. La dépendance des métamorphes aux liens qui unissaient la métamorphe dragonne et les alphas *avait* eu des conséquences terribles après la disparition de ma mère.

Il ressentait la même attirance que moi. Peut-être que le fait de se comporter comme un connard était le seul moyen qu'il connaissait pour la repousser pendant qu'il prenait sa décision.

Il devait au moins savoir que je voulais lui donner une chance. Que je ferais tout ce que je pouvais pour sa famille ainsi que pour celles d'Aaron et des autres hommes s'il faisait la moitié du chemin. S'il décidait de renoncer au lien entre âmes-sœurs et de chercher à en créer un nouveau lien indépendant de la tradition, ce ne serait parce que *je* l'aurais rejeté.

Et peut-être qu'une petite partie de moi se rappelait cet unique baiser qu'il m'avait donnée après la première embuscade des renégats. La passion qu'il y avait dans celui-ci m'avait fait tourner la tête. Et la manière dont il m'avait regardée l'autre nuit dans la tente...

Ma peau rougit légèrement à ce souvenir.

Je flânai autour d'un massif de buissons de roses rouges et roses et d'un magnolia. Je n'essayais pas d'être discrète, et West était probablement capable de sentir ma présence tout comme j'avais senti la sienne, mais je fus quand même un prise de court lorsqu'il parla.

— Est-ce que le fait d'être le centre de l'attention t'a fatiguée un peu, Étincelles ? dit-il sans se retourner.

Je levai les yeux au ciel dans son dos, même s'il ne pouvait pas voir l'expression de mon visage.

— J'ai passé la majeure partie de ma vie à m'entraîner à ne *pas* attirer l'attention. Je crois qu'il va falloir un peu de temps avant que je me sente totalement à l'aise avec des trucs comme ça.

Il émit un son évasif. Bon, il ne m'avait pas dit de dégager. C'était une sorte de progrès.

J'allai à côté de lui, regardant dans la même direction que celle vers laquelle son regard était tourné.

— Tu ne fais pas confiance aux sentinelles d'Aaron pour tout surveiller de près ?

— On n'est jamais assez prudent avec les fées, dit West. J'ai entendu dire qu'il avait déjà envoyé quelqu'un pour demander des pourparlers. Elle doit savoir que tu es ici et où on était avant. Elle saura quel est l'objet de la requête.

— Tu crois qu'elle sait déjà que des membres de son peuple ont tué ma mère ? Tu crois que c'était son *idée* ?

Ma poitrine se serra. Si la reine des fées avait ordonné le meurtre de celle des métamorphes... Ce serait une déclaration de guerre totale, n'est-ce pas ? Pourquoi est-ce qu'elles nous détesteraient au point de faire ça ?

— C'est peu probable, admit West à mon grand soulagement. « S'il y a bien une chose que les fées ne sont pas, c'est être stupides. Mais la reine aura donné le ton de la conversation qui a fait penser à ses subordonnées que c'était une bonne idée. Et j'ai du mal à croire que sept ans ont pu passer sans que ça lui revienne aux oreilles. Mais elle s'est tue. Ne voyant aucun intérêt à nous le dire.

— Qu'est-ce qui se passera si elles décident qu'elles veulent déclencher une sorte de guerre ? demandai-je.

L'image des fées envoyant des explosions sur ma mère avec leur magie apparut dans ma tête. Je frissonnai.

— Est-on est vraiment capables de nous défendre ?

La bouche de West se retroussa pour former un sourire sinistre.

— Les métamorphes sont forts. Il faut au moins quelques fées pour maîtriser ne serait-ce que l'un d'entre nous, exception faite des gringalets comme ce renégat belette. Et nous sommes beaucoup plus nombreux qu'elles. On ne se laissera pas faire. Mais ça ne veut pas dire qu'on devrait chercher la guerre.

— Je n'ai pas *envie* de me battre, dis-je. Je veux juste des réponses. Je veux que les fées qui ont tué ma mère en subissent les conséquences. Il ne me semble pas que ce soit trop demander.

— Tu ne connais pas les fées, dit West.

Sous le pâle clair de lune, son beau visage semblait soudain tourmenté. Je ne connaissais peut-être pas encore les fées, mais il était clair que lui si. La douleur que je pouvais ressentir résonner en lui faisait se serrer mon propre cœur. Je déglutis avec difficulté.

— Qu'est-ce qu'elles t'ont fait ?

Son regard se posa brusquement sur moi pour la première fois, ses yeux verts pénétrants rencontrant les miens.

— Qu'est-ce qui te fait penser qu'elles ont fait quoi que ce soit ?

Je levai mes sourcils.

— En dehors du fait que c'est écrit sur ton visage et que ça s'entend dans ta voix ? Je suis une métamorphe novice, pas une imbécile.

Il se retourna, rapprochant son corps fin beaucoup plus près du mien. Assez près pour qu'une bouffée de chaleur parcoure tout mon corps, de la tête aux pieds. Il pencha la tête avec une expression que je ne parvenais pas à déchiffrer, quelque part entre la curiosité, la douleur et le défi. Sa voix se transforma, son ton clair et guttural picotant mes oreilles.

— Ça t'intéresse vraiment ? Ou est-ce que tu penses que ça devrait t'intéresser ?

Je le dévisageai. Il devenait soudain très difficile de penser avec le désir qui bourdonnait dans tout mon corps. Heureusement, ce n'était pas une question très dure.

— Ça m'intéresse. Bien sûr que ça m'intéresse. Tu crois vraiment que j'aurais enduré ne serait-ce que la moitié des saloperies que tu m'as dites si je n'étais pas capable de voir que tu vaux beaucoup mieux que ça... et qu'il y a beaucoup d'autres choses que je veux savoir ?

— Qu'est-ce qui te fait penser que le reste sera différent de ce que tu as déjà vu, Étincelles ?

Ma propre voix baissa d'un ton pour être au même niveau que le sien, avec une pointe de taquinerie.

— Je ne sais pas. Mais j'ai entendu dire que les métamorphes dragonnes ont tendance à être très perspicaces quand il s'agit de ce genre de choses. Et au fait, je commence vraiment à aimer ce surnom, donc si tu l'utilises pour m'embêter, il va falloir que tu en trouves un nouveau.

— Je vais y réfléchir, dit-il avec un tressaillement de sa bouche.

Je ne savais pas s'il avait réprimé une grimace ou un sourire. J'étais trop occupée à me laisser distraire par la proximité de sa bouche par rapport à la mienne. Il n'y avait pas plus de trente centimètres entre nous. Quasiment rien du tout. Et ensuite, une partie géniale de mon cerveau trouva l'excuse parfaite pour le toucher.

— Cette cicatrice que tu as. Celle qui *brille* presque. Est-ce qu'elle vient d'un combat contre les fées ?

Je tendis une main vers son torse en retenant ma respiration.

Il la saisit alors qu'elle était à deux doigts d'effleurer ses pectoraux. Ses doigts se refermèrent autour des miens, fermes et chauds. Il irradiait tellement de chaleur de lui que l'espace d'une seconde je crus que j'allais fondre.

—Es-tu es sûre que c'est ce que tu veux faire ? dit-il, d'une voix si grave et basse que ça ressemblait presque à un murmure.

Un désir se forma entre mes jambes. Je me mouillai les lèvres. Et puis merde.

— Non, dis-je. Ce que je veux, c'est *ça*.

Je mis mon autre main dans ses cheveux auburn et argentés et j'appuyai ma bouche contre la sienne.

Un grognement retentit, sortant de la poitrine de West. Il me rendit mon baiser avec force, lâchant ma main pour agripper ma taille et m'attirer tout contre lui. La chaleur de son corps m'enveloppait comme si nous n'étions pas deux personnes mais deux parties d'un tout. Deux parties qui cherchaient désespérément à fusionner de nouveau ensemble.

J'agrippai sa chemise, me perdant contre le poids de sa bouche et dans les caresses accaparantes de sa langue. Il n'y avait rien que je pouvais imaginer vouloir plus que ça.

Mes hanches s'arquèrent contre celles de West d'elles-mêmes. Il me souleva et m'allongea sur le banc en pierre avec un grognement avide sans interrompre le baiser. Il s'arc-bouta au-dessus de moi, son corps effleurant délicieusement le mien. Je poussai un gémissement et l'attirait plus près. La bosse dans son jean frôlât mon sexe et je me mis à me frotter contre lui. Il laissa échapper un autre grognement et baissa la tête pour dévorer mon cou en faisant glisser sa langue chaude sur celui-ci.

Je haletai, le tripotant avec un abandon qui m'aurait gênée s'il n'avait pas semblé aussi impatient de jouir que moi. Mes doigts trouvèrent l'ourlet de sa chemise et remontèrent sous cette dernière sur son dos nu.

West attrapa mes hanches, les plaçant pour que son érection puisse toucher mon clitoris à travers nos vêtements à un angle encore meilleur. Un gémissement échappa de mes lèvres.

Je me fichais que d'autres fêtards puissent errer dans le jardin et nous voir, nous entendre. Il était *mien* et j'étais sienne, et c'était notre destin. Depuis le moment où j'étais née, depuis le moment où il avait été désigné comme alpha. Avant toute la violence et l'amertume qui nous avaient séparés.

— Westley, dis-je dans un murmure en baissant ma tête pour essayer de réclamer sa bouche.

En entendant son prénom entier, West se raidit. Il s'écarta de moi si brusquement que pendant quelques secondes je fus incapable de faire autre chose que de rester allongée là, le regardant en clignant des yeux, mon corps palpitant suite à la perte de contact.

Il me fixa du regard. Des tremblements le parcouraient. Ses poings se serrèrent le long de son corps. Sa bouche était encore rouge à cause de nos baisers et son sexe toujours dur contre la braguette de son jean, mais ses yeux étaient brutalement devenus froids.

— Non, dit-il. Je ne suis pas *Westley* pour toi, et ne prétends pas que c'est le cas.

Je m'assis, respirant avec difficulté. De quoi parlait-il ?

— Je n'insinuais rien du tout... Une des métamorphes dans ton village t'a appelé comme ça, et je m'en suis rappelée, et ça m'a juste semblé...

Ça m'avait semblé naturel sur le moment. Mais à l'évidence pas pour lui. Je ne savais pas comment l'expliquer. J'avais simplement suivi mon instinct.

— Tu as été absente pendant seize ans, dit-il sèchement. Tu ne me connais pas et je ne te dois rien. Je n'ai *besoin* de rien venant de toi. J'ai tenu mon rôle d'alpha tout ce temps, et je resterai l'alpha, que j'accepte ou non tes conditions.

— West, commençai-je, mais son expression se ferma encore plus. Ma voix faiblit.

Il partit à grands pas dans les allées du jardin en direction de la cour. Je le regardai fixement, me sentant douloureusement excitée et seule... et plus désorientée que je ne voulais l'admettre.

14

Ren

Après que les festivités se soient poursuivies jusque tard dans la nuit, on m'avait escortée jusqu'aux pièces réservées à la métamorphe dragonne. Le fait de rouler hors de l'élégant lit en chêne en forme de traineau le lendemain matin et de déambuler dans une salle à manger privée où je n'avais pas à faire face à ne serait-ce qu'un autre inconnu était un soulagement. La grande pièce aux murs blancs était nichée entre les quartiers de la métamorphe dragonne et ceux assignés aux alphas dans le domaine, et personne d'autre ne pouvait l'utiliser.

Quand je me glissai à l'intérieur, Nate était déjà en train de s'attaquer à un petit-déjeuner composé d'œufs pochés, de bacon, de pain grillé et de fruits fraîchement coupés, assis à la table en tek poli. Le mélange des odeurs sucrés et salées me mettait l'eau à la bouche. Aaron se tenait à côté de la grande fenêtre qui donnait sur l'océan, une tasse de café à la main. Il se détourna de la vue des vagues qui se brisaient et me sourit pour me saluer.

— Tu as bien dormi, Serenity ?

— Apparemment j'ai déjà manqué la moitié de la matinée, alors je dirais que oui.

Je m'approchai tranquillement du buffet où était exposé le festin composé de plusieurs plateaux. Bon sang, par où commencer ? Mon estomac gargouillait d'impatience.

— C'est un bel endroit que tu as là.

Aaron éclata de rire.

— Je n'ai aucun mérite là-dedans. Le domaine se transmet d'alpha à alpha depuis toujours. Mais c'est un avantage sympathique pour accompagner les responsabilités.

Nate tapota la table à côté de l'endroit où il était installé au moment où je me dirigeai vers cette dernière avec une assiette débordant de nourriture.

— Ce côté offre la plus belle vue sur l'océan.

— Ou tu dis juste ça pour me garder près de toi ? dis-je pour le taquiner.

À mon grand soulagement, le métamorphe ours sourit. Les choses étaient un peu bizarres entre nous depuis que je lui avais violemment reproché d'être surprotecteur, mais je ne voulais pas qu'il pense que je gardais une sorte de rancœur. Et j'espérais vraiment que lui non plus. Les ondes que je perçus émanant de lui au moment où je m'assis sur la chaise à ses côtés étaient un peu hésitantes mais chaleureuses.

— Je ne peux pas dire que ce n'est pas un avantage supplémentaire, dit-il.

Je laissai ma jambe appuyée contre la sienne sous la table, et son sourire s'élargit.

Je voulais qu'il retienne ce que je lui avais dit à propos de la manière dont je voulais qu'on me traite, mais j'avais aussi toujours *envie* de lui. Il fit courir sa main sur ma cuisse pour serrer mon genou dans un geste qui aurait pu sembler espiègle s'il n'avait pas également envoyé une décharge de désir dans mon aine. Oh, j'avais bien envie de lui, et je n'avais aucun doute sur le fait que c'était réciproque.

Mais le commentaire d'Aaron à propos de la ligne de succession des alphas éveillait des pensées liées à la nuit précédente. À la gêne plus marquée que j'avais ressentie envers mes autres alphas. Pour commencer il y avait eu la conversation étrange que j'avais surprise entre Marco et sa famille. Et ensuite l'interlude avec West qui avait tourné au fiasco total sans que je sache comment. Je ne savais toujours pas exactement ce qui l'avait énervé à ce point-là. Mais ce commentaire qu'il avait fait ne sortait pas de ma tête, surtout après l'histoire avec Marco.

Je resterai l'alpha, que j'accepte ou non tes conditions.

Aaron avait dit un jour qu'il avait dû se battre pour garder son rang d'alpha. Il y avait eu plus d'une fois où d'autres métamorphes aviaires qui avaient voulu essayer de prendre le commandement l'avaient défié. J'avais été trop occupée avec le mystère de ma mère pour bien réfléchir à la manière dont ma réapparition changerait les dynamiques du pouvoir pour eux tous.

Je trempai le bout de ma tranche de pain grillé dans le jaune d'œuf parfaitement coulant et j'en pris une bouchée, mais en cet instant précis, mon esprit était en effervescence. Je ne pouvais pas arrêter tout ça. Pourquoi le devrais-je ? J'étais censée gouverner les métamorphes *moi* aussi. Il faudrait que je comprenne tous les tenants et les aboutissants de toutes les aspects de ma tâche aussi bien que je le pouvais.

Aaron s'approcha pour s'asseoir en face de moi. Je le regardai.

— Est-ce que ça va être plus facile pour toi d'être... respecté comme l'alpha maintenant que je suis là ? Et qu'on s'est officiellement accouplés ? Je veux dire, il y aura moins de gens qui vont te défier ou je ne sais quoi ?

Il hocha la tête, m'étudiant de ses yeux bleu vif.

— Une grande partie des troubles dans la communauté métamorphe vient du fait de ne pas avoir une métamorphe dragonne sur qui compter pour assurer l'équilibre normal. En voyant que tu es là et que tu assumes ce rôle, les gens seront moins agités.

Son ton devint ironique.

— Et beaucoup d'entre eux verront le fait que tu m'aies accepté comme un signe supplémentaire en ma faveur.

— Et je suppose que ça sera pareil pour tous les groupes de familles.

Nate leva la tête, l'air préoccupé.

— Tu n'as pas à t'inquiéter de ça, Ren. Tu es là. Tu es avec nous autant que tu te sens à l'aise de l'être. Personne ne doit te brusquer. On peut relever tous les défis qui peuvent se présenter sur notre chemin.

À l'exception de Marco qui m'avait plus ou moins pressée, n'est-ce pas ? Même s'il avait essayé de me dire que ce n'était pas le cas. Je plantai ma fourchette dans un morceau de bacon, mais je ne la levai pas de mon assiette.

— Je sais, dis-je.

Je ne voulais pas accuser directement le métamorphe jaguar devant les autres. Comment le formuler ?

— J'ai entendu Marco parler avec des membres de la famille des félins hier. On aurait dit que beaucoup d'entre eux sont agités. Je me demandais juste s'il avait plus de problème que vous autres?

Nate émit un son songeur.

— Le caractère des chats ne s'accorde pas très bien avec le fait d'être dominé de manière générale. Ils se querellent tout le temps.

— Pour couronner le tout, j'imagine que le fait que Marco soit le plus jeune d'entre nous n'a pas aidé, dit Aaron. Il n'avait que dix ans quand le précédent alpha est mort. Et tu as probablement remarqué que sa personnalité peut être un peu... provocante.

— Il aime ouvrir sa bouche, marmonna Nate. Il ne prend rien au sérieux.

Aaron eut un petit rire.

— Je pense qu'il attache plus d'importance aux choses qu'il ne veut bien le montrer. Mais oui, c'est ce que je voulais dire.

Dans tous les cas, Marco se préoccupait beaucoup du fait de rester un alpha. Je mâchai et avalai, mais le bacon avait perdu sa saveur. Mon estomac s'était noué.

— Mais Marco s'est débrouillé tout seul depuis le début, dit Nate en serrant de nouveau mon genou brièvement. Tu ne dois pas non plus t'inquiéter pour lui.

Avant que je ne puisse décider si je voulais dire autre chose à ce sujet, quelqu'un frappa à la porte.

— Des nouvelles des fées, monsieur, appela une voix.

Aaron se redressa.

— Entre, dit-il. Quelles qu'elles soient, tous ceux qui sont ici peuvent les entendre.

Un grand jeune homme dégingandé qui faisait penser à un héron entra dans la pièce. Il s'inclina pour saluer son alpha.

— La reine a accepté votre demande de pourparlers, dit-il. Elle est disposée à s'entretenir avec vous et votre groupe demain à midi sur le terrain neutre.

— Est-ce qu'elle a dit autre chose ? demanda Aaron.

Le métamorphe héron secoua la tête.

— Mais elle n'a pas eu l'air surprise par la demande.

Parce qu'elle nous attendait déjà, comme l'avait suggéré West ? Mon estomac se noua encore plus. Mes doigts s'enroulèrent autour de la fourchette avec l'envie soudaine de mettre l'argenterie dans ma poche, comme si ça pouvait me donner plus d'emprise sur la situation. Je n'avais pas encore dépassé mon passé de voleuse.

Au moment où le messager s'éclipsa, je me tournai de nouveau vers Aaron.

— C'était ce à quoi tu t'attendais ?

— Le fait de repousser d'une journée n'est pas une surprise, dit-il. Elle ne voudrait pas paraître trop arrangeante. En dehors de ça, il est très difficile de lire les intentions des fées en temps normal. Je ne vois aucun signe inquiétant.

Son regard devint plus attentionné.

— Notre alpha loup t'a rendue nerveuse.

— Il ne fait vraiment pas confiance aux fées. J'aurais dit que c'était de la paranoïa si je n'avais pas l'impression qu'il a une bonne raison pour ça. Où est West d'ailleurs ?

Je supposais que Marco était en train de dormir, comme d'habitude, mais se lever tard ne ressemblait pas à West.

Nate se dirigea vers la fenêtre.

— Il était en train de sortir d'ici d'un pas raide quand je suis rentré. Il est probablement en train de patrouiller sur les terres en ce moment.

Aaron haussa les épaules.

— Si ça lui permet de se sentir plus à l'aise. Les fées *sont* des personnes avec qui il est difficile de composer. Mais tu nous auras tous avec toi pour te soutenir, Serenity.

À chaque fois qu'il le disait, je m'habituais un peu plus à entendre quelqu'un utiliser mon prénom entier. Ça me rappelait à quel point j'avais évolué depuis l'époque où j'étais l'adolescente qui vivait dans la rue et qui devait voler pour s'en sortir. J'avais trouvé une véritable place pour moi ici. Et tout comme les alphas avaient leurs positions, j'allais tenir la mienne avec tout ce que j'avais en moi.

Mais je n'avais plus vraiment faim. Je m'obligeai à prendre encore quelques bouchées de pain grillé avant de me lever.

— Est-ce qu'il y a quelque chose que je devrais savoir sur le programme du jour ? Ou est-ce que je peux partir en exploration ?

— Reste sur le domaine, à moins que l'un de nous ne soit avec toi, dit Aaron. Il y a un dîner officiel organisé ce soir où tu rencontreras les représentants d'un grand nombre de familles d'aviaires puissantes. Jusque-là, fais-toi plaisir comme tu veux. J'ai quelques soucis administratifs dont je dois m'occuper maintenant que je suis rentré, mais je te retrouverai plus tard.

La chaleur dans son regard me fit penser à toutes les manières dont je m'étais fait plaisir avec lui. J'étais trop épuisée la nuit précédente pour penser à utiliser mon lit pour autre chose que m'endormir dessus. Mais il y avait tellement d'autres possibilités. L'énorme matelas était suffisamment grand pour nous accueillir tous les cinq.

— J'ai hâte, dis-je avec un haussement de mes sourcils.

La chaleur dans son regard passa de douce à ardente en un instant. Oh oui, j'avais vraiment hâte.

J'avais aussi hâte de découvrir le reste du domaine. La veille au soir, je n'avais rien vu d'autre que la cour et le jardin, dans l'obscurité.

Je me glissai à travers mes appartements et sortis dans un des couloirs principaux du manoir. La brise de l'océan emplissait toute la pièce avec son odeur vivifiante salée caractéristique, adoucissant la chaleur estivale. Les murs blanchis à la chaux, les sols en tek et les grandes fenêtres, tous dans un concept d'espace ouvert, me donnaient l'impression d'être entrée dans une énorme villa sur la plage, mais de luxe. Effectivement, les avantages d'être un alpha.

Je n'étais pas allée très loin quand Marco apparut dans le couloir devant moi. Il m'adressa son habituel sourire coquin en marchant d'un pas nonchalant.

— Bonjour, princesse.

J'avais envie de sourire et de lui répondre, de faire

comme s'il n'y avait pas de problème. Mais avec ses yeux indigo posés sur moi et toutes les questions qui tourbillonnaient dans ma tête, je me figeai. Le métamorphe jaguar pencha la tête en voyant mon hésitation.

— Est-ce que tout va bien, Ren ?

Ce n'était pas le meilleur endroit pour une confrontation. Mais à cet instant précis, il n'y avait personne d'autre en vue. Et je n'avais vraiment pas envie d'aller dans un endroit privé avec lui, pas tant que je n'avais pas quelques réponses. Je me préparai et je levai mon menton.

— Je ne sais pas, dis-je. On dirait que peut-être les choses ne vont pas totalement bien avec ta famille ? Tu n'avais pas l'air très heureux de parler avec eux hier.

— Oh, ça !

Marco balaya mon inquiétude d'un geste de sa main gracile.

— Un petit souci de vampires qui sera bientôt réglé. Les suceurs de sang aiment faire des histoires. J'ai envoyé la délégation s'en occuper avant qu'ils ne puissent trop ébouriffer les plumes des aviaires.

— Ah, dis-je.

Bien évidemment, il n'allait pas être franc et avouer les autres choses dont ils avaient parlé. Je marquai une pause puis m'obligeai à continuer.

— J'ai réfléchi à propos des choses que tu as dit l'autre nuit. À quel point je comptais pour toi. À quel point tu as envie qu'on commence nos vies ensemble.

Une lueur d'impatience s'alluma dans les yeux de Marco. Il se rapprocha et sa voix se fit plus basse.

— Et où est-ce que ces pensées t'ont amenée ensuite ?

Une partie de mon corps réagissait face à lui comme elle l'avait toujours fait. Mes doigts me démangeaient de les passer dans ses cheveux noirs, et mes lèvres de sentir les siennes contre elles. Mais une autre partie de moi, serrée autour de mon cœur, rechignait devant son empressement. Parce que je me demandais de quoi il était *vraiment* impatient.

Je pris une profonde inspiration, gardant mon regard fixé sur lui.

— Je me demandais si tu le pensais vraiment, ou si la seule raison pour laquelle le fait d'être avec moi compte à tes yeux, c'est que ça te permet de pouvoir mieux revendiquer ta position d'alpha.

La mâchoire de Marco tressaillit. La lueur dans son regard disparut. Il parvint à laisser échapper un petit rire, mais je n'avais pas besoin d'une quelconque sensibilité surnaturelle pour voir que ce rire était crispé. Il fit appel à son ton jovial habituel.

— Princesse, si quelqu'un t'a raconté des histoires...

Et il était là, encore à raconter des putains de mensonges. Ma colère explosa, alimenté par la brûlure de la trahison qui se répandait dans ma poitrine.

— Je l'ai entendu directement de ta bouche hier soir, répliquai-je sèchement. Tu parlais de moi comme d'un boulot que tu devais terminer, un prix que tu devais remporter avant les autres. Alors ne fais pas comme si tu n'avais pas la moindre idée de ce dont je suis en train de parler.

Pour une fois, Marco sembla à court de mots. Ses lèvres s'entrouvrirent et restèrent ainsi tandis qu'il me regardait fixement. J'arrivais à lire la panique et la culpabilité en lui aussi clairement que si ça avait été écrit en majuscules sur son visage.

Je serrai les dents pour réprimer la douleur en train d'enfler à l'intérieur de moi. Alors tout ça était vrai. Il n'était même pas capable de s'expliquer.

— Je ne suis pas un jouet pour chat, dis-je, alors oublie l'idée de me traiter comme si c'était le cas.

Puis je me retournai et me précipitai dans la direction opposée avant que mes larmes ne tombent.

15

Aaron

La dernière pièce dans laquelle j'emmenai Serenity fut la bibliothèque. Elle inspira profondément en découvrant les étagères construites sur chaque mur du sol au plafond, les groupes de canapés et de fauteuils sur l'épaisse moquette, et la vue de l'océan depuis les deux immenses fenêtres.

Je souris en sentant un élan de fierté. Je ne pouvais peut-être pas m'attribuer tout le mérite pour cette maison, mais j'avais fait en sorte de la rendre aussi accueillante que possible.

— Et laisse-moi deviner, dit ma métamorphe dragonne en montrant les étagères remplies. Tu as lu chacun d'entre eux.

J'éclatai de rire.

— Loin de là. Mais j'ai passé beaucoup temps ici quand j'évoluai dans mon rôle, entre deux réunions avec mes conseillers. Je n'avais pas d'alpha sénior pour me guider directement, alors j'ai trouvé autant d'indications que je le pouvais dans les livres que les précédents alphas avaient accumulés au fil des décennies.

— Je lisais beaucoup quand ma mère était encore là, dis-je. La bibliothèque était un endroit facile pour sortir un peu de l'appartement, un endroit où personne ne t'embête si tu trouves un petit coin tranquille pour toi. Mais après son départ, j'ai fini dans la rue...

Une ombre traversa son visage. J'aurais aimé pouvoir la balayer d'une caresse de ma main. Elle n'aimait pas trop parler de ces années après la disparition de sa mère, mais à chaque fois qu'elle en parlait, elle n'arrivait pas à cacher à quel point cette expérience l'avait profondément meurtrie.

Mais elle était en train de guérir toute seule. Avec chaque force qu'elle découvrait en elle, avec chaque bout de confiance qu'elle nous faisait, elle revenait vers la femme qu'elle était censée être.

— Tu peux trouver un petit coin tranquille ici à chaque fois que tu en as envie, dis-je. La maison est à toi autant qu'à moi.

Elle baissa la tête pendant une seconde, comme si elle était gênée. Puis elle me sourit avec l'expression éclatante de confiance qu'elle arborait de plus en plus souvent à présent. L'élan de fierté qui remplissait à présent mon cœur était pour elle. Suivi par le désir de lui montrer exactement à quel point je l'adorais, de toutes les manières possibles, contre une de ces étagères.

L'horloge sur le manteau de la cheminée carillonna. Nous n'avions plus le temps pour ce genre de distraction maintenant. Je pris sa main, appréciant la manière dont ses doigts fins se refermèrent automatiquement autour des miens.

— On devrait retourner dans tes appartements. Tu vas devoir choisir une robe pour le dîner. Les gens s'attendront à tous nous voir sur notre trente-et-un.

Le coin de sa bouche se retroussa.

— Alors un T-shirt et un jean ne suffiront pas, c'est ça que tu es en train de dire ? D'accord, d'accord. Je n'ai rien contre les robes. Allons faire de moi une vraie princesse.

Mais tandis que nous repartions tranquillement vers les quartiers de la métamorphe dragonne main dans la main, une autre légère ombre assombrit l'expression de son visage. Ses doigts se serrèrent légèrement autour des miens. Comme elle ne parlait pas, je jetai un œil vers elle.

— Quelque chose t'embête ? Tu peux tout me dire, tu le sais.

— Je sais.

Elle sourit de nouveau, mais avec un petit sourire en coin cette fois.

— Tu n'as pas de raison de t'inquiéter... ça n'a rien à avoir avec toi ni avec ta merveilleuse maison. Mais ce n'est pas quelque chose dont j'ai vraiment envie de parler là maintenant. Si je me sens de le faire plus tard, tu seras la première personne vers qui j'irai.

Je ne pouvais pas demander plus que ça.

— Pas de problème.

Je la conduisis à travers son salon et dans la grande chambre qui avait appartenu à des générations de métamorphes dragonnes quand ces dernières venaient en visite sur le domaine aviaire. Une baignoire privée sur le côté, un lit assez grand pour une métamorphe dragonne et quatre alphas, et plusieurs immenses armoires en tek. Je m'avançai vers l'une d'entre elle et l'ouvrit.

— La lignée des métamorphes dragonnes a tendance à être assez constante en termes de taille, dis-je. Certains des vêtements qui sont ici pourraient être un peu trop petits ou un peu trop grands, mais on peut toujours faire reprendre une pièce si nécessaire.

Serenity vint près de moi. Ses yeux s'écarquillèrent. Elle caressa du bout des doigts les amoncellements de soie et de satin dans leur gamme de couleurs, et un gloussement lui échappa.

— J'ai l'impression d'être une gamine qui vient juste de découvrir le meilleur carton de déguisements du monde.

J'eus un petit rire.

— Prends ton temps. Tu dois aller là-bas ce soir en te sentant comme une princesse à part entière.

Je reculai tandis qu'elle fouillait parmi les robes. Elle en sortit quelques-unes et les jeta sur le bout du lit pour un examen plus approfondi.

— Tu disais que j'allais rencontrer certains des aviaires importants, dit-elle. Alors il y a des familles de métamorphes avec plus de pouvoir que d'autres ?

— Comme dans n'importe quelle communauté, dis-je. Parfois c'est basé sur les familles des anciens alphas, parfois juste sur ceux qui se sont le mieux battu ou sur qui ont le plus contribué dans des périodes de troubles dans le passé... Ils n'ont pas d'autorité officielle, mais le reste de ma famille aurait tendance à les écouter eux plus que d'autres. Alors j'essaye de faire en sorte qu'ils soient heureux, tant que ça ne signifie pas de rendre quelqu'un d'autre malheureux. Tu rencontreras des membres de ma famille de sang aussi ce soir. Ma sœur devrait arriver à temps pour le dîner.

Elle me lança un regard en refermant l'armoire, la dernière robe de ses sélections posée par-dessus son bras.

— Tu as une sœur ?

— Alice. Plus jeune de deux ans. Deux fois plus féroce.

Je souris.

— Elle s'est autoproclamée mon garde du corps personnel quand on était petits. Et elle a suivi assez de cours d'arts martiaux pour mériter ce titre. Je pense que vous vous entendrez bien toutes les deux. Et elle veillera sur toi autant qu'elle le fait pour moi.

— Eh bien j'ai hâte de la rencontrer, en tous cas.

Elle avança à grands pas vers le lit et lança la dernière robe avec les autres.

— Maintenant, c'est parti pour le trente-et-un.

Ren

Je fis courir mes mains sur le tissu doux des robes, en essayant de *me perdre* dans le moment. C'était dur. L'expression coupable sur le visage de Marco m'avait tourmentée toute la journée.

Je lui faisais confiance. Je pensais que je le pouvais, parce qu'il était mon âme-sœur, à cause du lien qu'on partageait, même s'il n'était pas entièrement consommé. Mais apparemment, il ne voyait pas les choses de la même manière que moi. J'étais juste un moyen pour arriver à ses fins, pas une personne dont il se souciait.

Aaron posa ses mains sur mes épaules et les caressa de haut en bas. Son contact me ramena au présent. Il ne me redemandât pas ce qui n'allait pas, même s'il voyait probablement que j'étais encore en train de réfléchir à ce qui me taraudait.

Au moins, je l'avais lui. Il se souciait de moi. Il croyait en moi. Je pouvais m'appuyer sur lui pendant que je découvrais où bordel on allait avec le reste de mes âmes-sœurs.

— Tu veux aider ? dis-je en laissant un petit côté sexy s'insinuer dans ma voix.

Aaron leva les sourcils, une étincelle s'allumant dans ses yeux en guise de réponse.

— Voilà une invitation que je ne peux imaginer refuser, murmura-t-il.

Je levai mes bras et il me retira mon T-shirt. Ses mains se posèrent sur ma taille nue. Il se pencha sur mon épaule, son souffle chatouillant ma clavicule.

— Alors, par laquelle on commence ?

Mes tétons avaient durci dans mon soutien-gorge. Je rejetai l'envie irrépressible d'oublier la robe et de simplement l'avoir lui sur moi. Au lieu de ça, j'examinai les robes que j'avais sélectionnées.

Maintenant que je les observais toutes ensemble, la noire semblait trop guindée. Je n'avais pas envie de donner l'impression que je pensais assister à des funérailles. Je pris celle en soie couleur lavande qui avait attiré mon regard.

— Que penses-tu de celle-là ?

— Je pense qu'elle sera très jolie sur toi.

Aaron tendit ses mains pour déboutonner le bouton de mon jean. Il le baissa et j'en sortis. La caresse de ses doigts le long de ma peau me rendit un peu hors d'haleine.

J'enfilai la robe sur mon corps et attendis tandis qu'il remontait la fermeture éclair dans le dos. Il m'accompagna jusqu'au miroir en pied accroché sur le mur entre deux des armoires. Le cadre en argent était presque aussi brillant que le verre.

Je ne ressemblais définitivement pas à une fille qui vivait dans la rue à présent. C'était une femme qui me regardait. La soie épousait ma silhouette mince, ondulant comme de l'eau autour de mes jambes. La couleur lavande allait à ravir avec mes cheveux châtain foncé. Mais quelque chose ne collait pas tout à fait.

Je repartis vers le lit et retirai cette robe. Mes mains tombèrent sur la dorée au milieu. Le motif de feuille brodé autour des épaules et du corsage lui donnait un peu plus de structure, et j'aimais le léger motif de rappel imprimé sur le tissu satiné.

— Encore un excellent choix, dit Aaron avec un sourire.

Cette robe avait sa fermeture éclair sur le côté, mais il m'aida quand même. Alors que le tissu se mettait en place contre ma peau, un sentiment d'assurance était déjà en train de monter en moi. Je retournai vers le miroir, la petite traîne de la robe bruissant sur le sol derrière moi.

J'eus le souffle coupé lorsque je vis mon reflet. Le tissu doré faisait ressortir la couleur ambrée dans mes yeux, faisant ressembler ces derniers à des petites flammes. La coupe épousait légèrement mes hanches avant de s'évaser sur mes cuisses, offrant à ma silhouette un peu plus de courbes. J'avais l'air majestueuse. Puissante.

Je ne ressemblais pas seulement à une princesse. Je ressemblais à une *reine*. Malheur à celui qui s'en prendrait à cette métamorphe dragonne.

Mon menton se leva instinctivement. Le sourire d'Aaron s'élargit.

— Celle-là ? dit-il.

Je n'avais pas besoin d'essayer une des autres.

— Celle-là, approuvai-je.

Il m'attira plus près de lui. La sensation de la pression de ses mains sur le tissu doux et lisse était extraordinaire. Tout comme la pression de ses lèvres lorsqu'il les posa sur les miennes.

Nous échangeâmes un baiser long et intense. Mes bras se levèrent pour s'enrouler autour de son cou. Il positionna sa tête à un angle lui permettant de m'embrasser avec plus d'ardeur, et je ronronnai contre sa bouche pour l'encourager. Poussant lui aussi un grognement de plaisir, il glissa ses mains le long de mon corps pour effleurer la courbe de mes seins.

—Tu es magnifique avec cette robe sur toi, murmura-t-il. Mais la seule chose que j'ai envie de faire, c'est de te l'enlever.

— Je ne vois vraiment aucun problème avec ce plan.

Il grimaça contre ma joue.

— Je suis censé voir mes conseillers dans quelques minutes pour discuter des derniers développements avant que le dîner ne commence. Et élaborer un plan pour notre entrevue de demain.

Nos pourparlers avec la reine des fées. Mon désir se

calma à cette pensée. Je reculai pour le regarder dans les yeux.

— À quel point tu penses que ça va être dangereux de les rencontrer en face-à-face ?

Il prit ma joue dans sa main, passant malicieusement son pouce sur ma tempe dans une caresse rassurante.

— Ils ne nous ont pas attaqués directement sur la montagne. On ne peut pas leur faire confiance, mais elles sont liées par la parole qu'elles ont donnée, par les traités qu'elles ont accepté d'appliquer, dans un sens magique. Il nous suffit de faire attention à ce qu'elles ne trouvent pas de faille comme elles l'ont fait en utilisant les renégats à leur avantage. Toute la communauté métamorphe saura que nous sommes allés sur le terrain neutre pour parler avec elles. Elles ne peuvent pas nous faire de mal sans s'attirer un énorme lot de souffrance.

Il n'avait pas l'air excessivement inquiet. Et avec le domaine de la reine des fées juste à côté, il devait savoir quels troubles elles étaient capables de fomenter.

Je pris une profonde inspiration, ignorant si j'étais plus nerveuse de rencontrer ces gros bonnets métamorphes ce soir ou de rencontre les fées demain.

— Tu vas y arriver, ajouta Aaron. Et on sera là avec toi, comme toujours.

Je hochai la tête, soudain trop étouffée par l'émotion pour pouvoir parler. Il m'attira de nouveau contre lui. Ce baiser semblait plus tendre, et pourtant plus passionné en même temps. Comme s'il était en train d'offrir toute la dévotion qu'il ressentait dans l'effleurement de ses lèvres contre les miennes. Je répondis avidement à son baiser, voulant recevoir ce sentiment. En ayant besoin. En ayant besoin de lui rendre la pareille.

Pouvais-je vraiment appeler ça de l'amour après seulement deux semaines ? Je ne savais pas comment décrire autrement la lueur de bonheur qui m'emplissait en étant là, dans les bras de mon métamorphe aigle.

Aaron recula, ses yeux brillants comme s'il avait entendu ce que je ne m'étais pas autorisée à dire à voix haute.

— Je dois vraiment y aller. Je te vois tout à l'heure au dîner. Pourquoi tu ne... Il y a une terrasse qui surplombe l'océan juste après notre salle à manger privée. Si ça te dit, tu pourrais faire un tour là-bas. J'ai toujours trouvé ça relaxant. J'enverrai quelqu'un te chercher quand ce sera l'heure.

Étant donné la manière dont mes nerfs étaient agités, une promenade relaxante semblait être exactement ce dont j'avais besoin.

— Merci, dis-je. Je vais faire ça.

16

Ren

Le soleil commençait juste à descendre sur l'océan. Il illuminait l'eau de dunes d'étincelles.

Je marchais sur les dalles de pierre vers la rambarde qui entourait la terrasse privée, me laissant envahir par les odeurs aquatiques portées par la brise. Il était difficile de rester anxieuse avec ce magnifique décor devant moi et avec le bruit apaisant des vagues qui s'écrasaient, remplissant mes oreilles. J'étais une métamorphe dragonne. La dernière métamorphe dragonne au monde. Tous ceux qui avait essayé de s'en prendre à moi avaient pris la pire décision de leur vie.

Mes doigts s'enroulèrent autour de la froide surface en marbre de la rambarde. Je levai ma tête haut. La brise faisait onduler mes cheveux et les volants de ma robe. Je sentais le pouvoir de mon héritage se propager en moi. Et la petite flamme de pouvoir vers laquelle maman m'avait guidée, vacillant toujours dans les profondeurs de ma poitrine. Où est-ce que ça allait me mener ?

J'éprouvai la soudaine envie irrépressible et sauvage de sauter par-dessus la rambarde en direction de la plage. J'étais capable de le faire. La pente sablonneuse en contrebas semblait un peu irrégulière, mais rien que je ne puisse surmonter avec une bonne culbute.

Mais même tandis que cette envie montait en moi, je savais que ce saut ne me donnerait pas la même montée d'adrénaline que tous les sauts et toutes les chutes me procuraient avant. Désormais, j'avais connu ce que ça faisait de *vraiment* voler. Rien n'était comparable.

Un jour, je serai capable de maintenir ma forme de dragonne pendant des heures. Je planerai et planerai encore aussi loin que mes ailes pourraient m'emmener. En cet instant précis, ça avait l'air terriblement agréable.

J'avais emporté mon sac à main avec moi. Une alerte SMS fit vibrer mon téléphone. Je sortis ce dernier, sachant déjà qu'il devait s'agir de Kylie. Ma meilleure amie était la seule à avoir ce numéro. Il n'y avait personne d'autre dans ma vie en qui j'avais assez confiance pour vouloir rester en contact... en dehors de mes alphas maintenant, et jusqu'à présent, je n'avais pas eu à être séparée d'eux.

Comment ça serait une fois qu'on devrait se séparer ? Il y avait des tâches qui incombaient aux alphas dont ils devaient s'occuper. Parfois, ils devraient partir dans différents domaines, et je ne pourrai pas rester avec eux tous en même temps. Malgré toutes les incertitudes qui tourbillonnaient autour de nous, une partie de moi mouraient d'envie de les garder près de moi.

Tous ces sentiments fous deviendraient plus faciles à gérer une fois que j'aurai eu plus de temps pour m'habituer à la situation, pas vrai ?

Quoi de neuf sur la terre des métamorphes ? m'avait envoyé Kylie.

Je souris et appuyai mon dos contre la rambarde en tapant ma réponse.

Un grand dîner chic de prévu. Tu n'en croirais pas tes yeux si tu voyais la robe que je porte.

Ren dans une robe !! OMG, je ne peux pas croire que je rate ça. Prends une photo. C'est un ordre.

J'éclatai de rire et éloignai le téléphone pour essayer de prendre autant de la robe que possible dans un selfie. Après que je le lui ai envoyé, Kylie répondit avec un selfie de son visage avec les yeux écarquillés sous l'effet du choc.

Tu es splendide, Ren. Tes quatre alphas seront débordés à se battre contre les autres mecs là-bas.

Je ne crois pas que les gens qui viennent à ce dîner cherchent à draguer, répondis-je. *Apparemment, il y a beaucoup de sujets politiques à aborder. Les chefs des principales familles de métamorphes et tout ça. Je suppose qu'ils veulent s'assurer que j'existe vraiment et qu'Aaron n'avait pas simplement inventé qu'ils m'avaient enfin trouvée ?*

Alors tu es si importante que ça, hein ?

Ouais.

Je marquai une pause, réfléchissant à ma conversation avec Marco ce matin-là, et mon estomac se serra.

J'ai l'impression que le fait d'avoir une métamorphe dragonne comme compagne permet aux autres métamorphes de les accepter beaucoup plus facilement en tant qu'alphas. Je suppose que c'est ce qu'ils voulaient dire en disant que j'unifiais tous les groupes de familles. Ça a l'air d'impliquer beaucoup de responsabilités.

Mais ils t'aideront pour tout ça. Tu peux y arriver. Tu ne penses pas que tu es encore en danger, si ? Maintenant que tu t'es occupée de ces enfoirés de renégats ?

Mon estomac se serra encore plus. Je ne voulais pas lui parler de cette menace constante… ni à quel point je me méfiais de mon entrevue avec la reine des fées le lendemain.

Pas directement, apparemment non. Je ne sais pas à quoi m'attendre pour l'avenir. Je suis encore en train de m'habituer au fait d'ÊTRE une métamorphe. Il faut croire qu'il y a eu beaucoup de conflits dans les groupes de familles depuis que ma mère a disparu, et encore je ne suis pas au courant de la moitié.

D'accord, prends soin de toi. Peu importe ce qu'ils veulent de toi. Tu dois te faire passer en premier. Et si quelqu'un dit le contraire, tu me l'envoies et je le remettrai à sa place.

Je ne pus m'empêcher de sourire en lisant ça. J'étais certaine que c'était ce qu'elle ferait. Kylie me soutenait toujours… même avec tout ce chaos surnaturel qui nous tombait dessus.

TU VAS bien maintenant, pas vrai ? demandai-je. *Tu t'es entièrement remise de l'attaque au village des métamorphes ?*

Oh ouais, je suis en pleine forme maintenant. Je ne sais pas ce que ces métamorphes ont fait quand ils se sont occupés de moi, mais les coupures ont guéri tellement vite, j'aurais eu du mal à croire que j'avais été lacérée si je n'avais pas été là.

Les cicatrices seront peut-être larges, mais ça va. En fait, elles me donnent même un air encore plus badass.

Eh bien, je suis contente que le fait d'avoir frôlé la mort n'ait pas entravé ton style.

Hey, il faudra plus que quelques loups-garous sanguinaires pour me démoraliser.

C'est vrai. Je l'imaginai à côté de moi, avec son éternel sourire et cette petite silhouette surmontée de sa coupe à la garçonne rose fluo éclatante. Un soupçon de mal du pays m'envahit.

Dès que j'aurai trouvé un moyen de faire en sorte que ça s'arrange, je viendrai te voir. Ou peut-être que je pourrai m'arranger pour que tu viennes me voir, où que j'aille. Ces « domaines » qu'ont les alphas sont magnifiques.

Comme je l'ai dit avant, si tu veux me brancher avec un quatuor de métamorphes, n'hésite surtout pas !

Je vais garder ça dans un coin de ma tête.

J'envoyais un emoji bisou.

Il faut que j'aille bosser. Mets-leur-en plein la vue au dîner ce soir. Juste pas de façon littérale, évidemment, mademoiselle la dragonne.

Je rangeai le téléphone et me tournai de nouveau vers l'océan. Toute une partie de ma vie était en suspens, mais c'était agréable d'imaginer un futur proche où je pourrai juste passer du temps avec ma meilleure amie dans un endroit comme celui-ci, sans avoir à m'inquiéter d'une soudaine attaques des renégats ou des conspirations des fées.

La porte de la terrasse s'ouvrit dans un soupir derrière moi. La silhouette baraquée de Nate passa cette dernière. Il était encore plus beau que d'habitude dans le costume formel qu'il portait et qui épousait son corps musclé pour donner un effet incroyable. J'avais un peu le souffle coupé tandis que je l'admirais.

Son regard se posa sur moi et il m'adressa un sourire qui semblait presque timide. Ses yeux errèrent sur mon corps tandis qu'il s'avançait vers moi, mais la lueur dans ces derniers était plus admirative que lubrique. Apparemment, je faisais aussi de l'effet.

— Quelle robe ! dit-il. Même s'il n'y a aucun doute sur le fait que c'est la femme qui le porte qui fait vraiment tout.

Je lui répondis par un sourire, le compliment me réchauffant.

— Je l'aime beaucoup moi aussi. Je n'ai jamais été aussi bien habillée, mais je commence à penser que je pourrais peut-être m'y habituer.

—Je n'aurai aucun souci avec ça.

Il s'appuya contre la rambarde à côté de moi, son regard devenant inquisiteur.

— Aaron m'a dit que je te trouverais sûrement seule ici.

Les poils de ma nuque se dressèrent très légèrement.

— Tu sais que tu n'as pas à t'inquiéter que je sois toute seule pendant quelques minutes, n'est-ce pas ? Parce que je vais très bien. Je profite juste de la vue.

Nate leva les mains.

— Ce n'est pas ce que je voulais dire. Promis. Je ne suis pas venu te voir parce que j'étais inquiet. C'est...

Il baissa la tête, les rayons du soleil se reflétant dans ses épais cheveux châtains. Il était tellement grand et bien bâti que j'étais toujours impressionnée par la manière dont il pouvait donner l'impression d'être doux.

— …Après ce que tu as dit l'autre jour quand on était en train se de battre contre les renégats, je me suis rendu compte qu'il y avait quelque chose que je devais probablement te dire, dit-il après un moment en frottant sa nuque. Ça n'*excuse* en rien la manière dont je me suis comporté, mais je pense que ça l'expliquera un peu. Et… C'est une part importante de qui je suis. J'aimerais que tu me connaisses vraiment.

La chaleur que j'avais ressentie précédemment se répandit dans tout mon corps. Je me rapprochai de lui et touchai son coude.

— J'aimerais bien aussi. Désolée si j'ai été un peu sèche à l'instant.

— Pas de problème. Je comprends pourquoi.

Son sourire devint coquin. Il prit ma main dans la sienne, passant son pouce sur mes articulations. Ce contact envoya un agréable frisson le long de mon bras.

— Tu sais que cette tragédie avec ta mère et les anciens alphas s'est produite quand on était tous très jeunes, dit-il. Je veux dire, j'étais le plus âgé de nous quatre, et j'avais seulement douze ans. Et ensuite, il y a eu beaucoup d'incertitudes parce qu'on ne savait pas où ta mère ou toi vous étiez, ni ce qui allait arriver à notre mode de vie habituel.

— Ouais, dis-je doucement. Ça a dû être dur. Le fait d'avoir toutes ces responsabilités et aucun chemin clair à suivre.

Il hocha la tête.

— J'ai été bien aidé par mes conseillers. Mon groupe de métamorphes, nous sommes un peu éparpillés parce que nous sommes les métamorphes qui ne rentrons dans aucun groupe de familles plus large, mais c'est peut-être à cause de ça que nous n'avons jamais été très performants. On veut surtout quelqu'un qui donne l'exemple et qui laisse les autres gérer leurs propres affaires. Alors je n'étais pas vraiment soumis à la même pression que les autres pour rester alpha. Mais je ne savais pas trop non plus ce que je devais faire en tant qu'alpha.

— Bien sûr. Ç'est logique.

— Eh bien... Quand j'ai eu seize ans et que j'ai commencé à m'occuper de plus en plus des tâches de l'alpha, j'ai fait la connaissance d'une autre métamorphe ourse dont la famille travaillait pour le domaine. On s'entendait bien... avec elle, je pouvais me détendre quand j'avais du temps pour moi ; elle était quelqu'un à qui je pouvais parler des décisions que je devais prendre.

Un frisson parcourut mon dos lorsque j'entendis le mot « elle ». L'idée que j'avais du lien entre âmes-sœurs était mise à mal.

— Et ensuite ? dis-je en parvenant à garder une voix égale.

Je savais que tous les alphas ne m'avaient pas attendue corps et âme. Mais je n'étais pas sûre d'avoir envie d'entendre parler de leurs distractions passées.

Nate hésita. Il devait savoir à quel point il était difficile pour moi ne serait-ce que de penser à lui avec quelqu'un d'autre.

— Pendant quelques années, nous n'étions que des amis. Puis après un certain temps, je me suis rendu compte que j'étais en train de tomber amoureux d'elle. Et elle m'a avoué qu'elle ressentait la même chose. J'avais toujours pensé que j'attendrais la métamorphe dragonne avec qui j'étais censé être, mais...

Des larmes me montèrent aux yeux avant même que l'émotion ne me rattrape. Je m'étouffai, la pensée que Nate, que *mon* âmes-sœur, choisisse quelqu'un d'autre me déchirait.

West avait mentionné avant l'idée qu'il pourrait renoncer à notre lien entre âmes-sœurs, mais seulement de manière vague. L'idée de cette femme en particulier m'arrachant presque Nate... Je ne m'étais pas attendue à ce que ça me touche autant, mais j'arrivais à peine à le supporter.

— Ren ! dit Nate.

Il approcha ses mains pour prendre mon visage dans ces dernières tandis qu'il se rapprochait. Je fermai les yeux pour retenir mes larmes.

— Je suis désolé, dit-il d'une voix basse et rauque. Je suis *là*. Je n'en aurais jamais parlé si je n'avais pas pensé que je devais le faire pour qu'on puisse avancer. J'étais tenté, et je n'étais pas sûr de moi, mais au final, c'est toi que j'ai choisie. J'ai arrêté de la voir... je *ne l'ai pas* vue depuis sept ans. Je savais que peu importe à quel point les choses se passaient bien avec elle, que je serai encore mieux avec toi.

Je pris une profonde inspiration, essayant de contrôler ma réaction.

— Je ne suis pas énervée, parvins-je à dire. Pas volontairement en tous cas. C'est juste que... les sentiments m'ont brusquement submergée...

— Ce n'est pas grave. Je ne peux pas imaginer comment je me sentirais si *tu* disais que tu avais envie de nous quitter pour un autre homme.

Il caressa mes cheveux et embrassa mon front. Je m'appuyai sur lui, m'imprégnant de la chaleur de son corps et de la puissance de ses bras qui m'entourèrent.

— La raison pour laquelle je voulais t'en parler, poursuivit-il, c'est que je veux te montrer que tu as toujours été ma priorité absolue. Même quand je ne te connaissais pas encore et que la tentation était juste devant moi. Je suis si incroyablement heureux de t'avoir enfin trouvée que... Je pense que j'ai eu un peu peur de te perdre avant même qu'on ait eu la chance d'être vraiment ensembles. Et le fait de laisser cette peur parler m'a rendu surprotecteur. Je *sais* que tu es forte. Je *sais* qu'il y a plus de force en toi que dans n'importe lequel d'entre nous. Je dois croire en ça et ne pas laisser mes inquiétudes prendre le dessus.

Je le serrai moi aussi dans mes bras, nichant ma tête contre son épaule.

— Merci, dis-je. Je peux comprendre pourquoi tu ressentais ça. Tant que tu n'*essayes* pas de me surprotéger...

— Je vais le faire. Je ne peux pas promettre que je ne céderai jamais à l'instinct de bondir pour te défendre alors que tu n'en as pas vraiment besoin, mais je vais faire de mon mieux. Et si je dérape et que tu me demandes de laisser tomber, je t'écouterai. Alors n'hésite pas à me le dire.

Je laissai échapper un gloussement. J'essuyai mes larmes. Le sentiment de déchirement avait disparu, mais une douleur subsistait. Une douleur pour Nate et pour les années qu'il avait passé seul alors qu'il aurait pu déjà avoir ce lien d'amour.

Je levai la tête et touchai sa joue. Il sourit, et il y avait tellement d'affection qui brillait dans ses yeux marron foncé que je ne doutais pas une seule seconde qu'il sentait qu'il avait fait le bon choix. Je me hissai sur la pointe des pieds pour déposer un baiser sur sa bouche.

Il y répondit, plus doucement qu'avidement. Ses mains glissèrent le long de la peau que la robe laissait nue dans mon dos et sur le tissu satiné qui épousait mes hanches. Un désir plus marqué s'installa entre mes jambes. Je n'aurais pas cru qu'il était possible d'avoir autant envie d'un homme, sans parler de quatre, mais c'était le cas. Que Dieu me vienne en aide, c'était le cas.

Le murmure de la porte qui s'ouvrait interrompit ces pensées. Le métamorphe héron que j'avais vu précédemment sortit sur la terrasse et s'éclaircit la gorge. Je m'éloignai de Nate, sans même rougir. Après ce qui se rapprochait d'une orgie dont j'avais été le témoin le soir précédent dans la cour, il était difficile de penser qu'un petit baiser allait étonner qui que ce soit.

— Votre présence est demandée dans la salle à manger, Métamorphe Dragonne, Alpha, dit le jeune homme en inclinant respectueusement la tête.

— Nous arrivons, répondit Nate.

Il enroula sa main autour de la mienne et se détacha de la rambarde. Nous marchâmes main dans la main jusqu'à la porte, sans que ce soit lui qui guide, mais plutôt d'un même pas.

Ce moment aurait été parfait s'il n'y avait pas eu le dîner qui nous attendait, et je savais que celui-ci allait être tout sauf amusant.

17

Ren

Quand j'entrais dans la salle à manger, je ne pus m'empêcher de cligner des yeux d'admiration. La pièce était tellement grande qu'on aurait pu y faire rentrer un terrain de football américain. De longues tables en tek dressées pour vingt convives étaient alignées en rangées sur le parquet. Une autre de ces tables, celle-ci couverte d'une nappe en soie rouge, se trouvait sur une estrade à une extrémité de la pièce. Cinq des chaises à l'autre bout de cette table étaient sculptées de manière élégante, celle du milieu étant la plus grande et la plus richement ciselée.

Je n'avais pas besoin qu'on me dise qu'il s'agissait de celle de la métamorphe dragonne.

Mon cœur commença à marteler deux fois plus fort. D'autres métamorphes étaient déjà en train d'évoluer dans la pièce, parlant entre eux et accueillant les nouveaux arrivants. Je sentis tous ses yeux se poser sur moi au moment où Nate et moi nous approchions de la table haute. J'avais dû parler à nombre d'entre eux la veille au soir lors de la fête de bienvenue, mais ça semblait quelque peu différent. À ce moment-là, tout le monde était en train de s'amuser. Cette fois, nous étions là pour des affaires plus sérieuses.

Aaron apparut à côté de la table haute pour nous rejoindre. Comme Nate, il avait mis un costume pour l'occasion, un costume bleu roi qui donnait l'impression que ses yeux étaient encore plus brillants. Bon sang, j'avais vraiment eu de la chance dans le rayon âmes-sœurs, pas vrai ?

Une femme qui semblait plus jeune que Nate de quelques années, avec les mêmes cheveux blond doré et les mêmes yeux bleu vif, se tenait à côté de lui. Elle m'observait avec une expression qui n'était pas tout à fait hostile tout en n'étant pas non plus chaleureuse. Sa robe en soie grise était dans un style grecque simple, et à la manière dont elle se tenait, je conclus qu'il ne s'agissait pas d'une tenue habituelle pour elle.

Ses bras croisés sur sa poitrine fine étaient tout en muscles. Exact. Aaron avait dit que j'allais rencontrer sa sœur... celle qui s'était autoproclamée être une sorte de garde du corps. Elle avait définitivement le physique pour.

— Serenity, dit Aaron en me faisant signe de m'approcher. Voici ma sœur, Alice. Alice, je te présente Serenity, mon âme-sœur.

— Humm, dit Alice.

Elle tendit une main pour serrer la mienne avec force tandis qu'elle secouait mon bras de bas en haut.

— Alors c'est vous qui avez fait courir mon grand frère dans tout le pays. Contente que vous soyez enfin arrivée ici.

Sa voix était tellement impassible que j'aurais pu croire qu'elle était sarcastique, mais ses lèvres se retroussèrent pour former un sourire espiègle, mais chaleureux. Je me détendis un peu intérieurement.

— Ça a été un long voyage pour arriver jusqu'ici, dis-je. Mais j'ai fait en sorte qu'il rentre en un seul morceau, même si certains renégats auraient préféré qu'il en soit autrement.

Le sourire de la jeune femme s'élargit.

— Je vous l'accorde. Et c'est probablement une bonne chose qu'il ait quelqu'un qui l'oblige à sortir de cette bibliothèque de temps à autre.

Aaron lui lança un regard noir.

— Plus je passe de temps hors de la bibliothèque, plus tu te plains de tous les dangers potentiels auxquels je m'expose.

— Seulement quand tu ne m'emmènes pas avec toi.

Elle tapota affectueusement le bras de son frère et m'adressa un autre sourire. OK, j'aimais cette nana.

Aaron m'escorta sur le reste du chemin jusqu'à ma chaise spéciale, comme si j'avais besoin d'aide pour la trouver. Je supposais que cet aspect protocolaire plaisait à nos spectateurs. Et ce n'était pas comme si la pression rassurante sur mon épaule me dérangeait tandis qu'il s'asseyait à côté de moi.

J'étais particulièrement contente que Nate et lui soient les premiers arrivés parce que je les fis asseoir directement de part et d'autre de moi. Je ne savais toujours pas trop quoi dire à Marco ni à West. Ils m'avaient tous les deux évitée toute la journée.

Marco fut le premier à se montrer, s'avançant d'un pas nonchalant vers la chaise située à côté de Nate avec son expression insouciante habituelle. Au moment où nos regards se croisèrent l'espace d'une seconde, je vis que le sien était méfiant. Je détournai les yeux, ma gorge se serrant. En cet instant, je ne voulais pas penser à la conversation que nous avions eue plus tôt ni aux révélations qu'elle avait apporté.

West arriva quelques minutes plus tard. Il se dirigea d'un pas raide vers sa chaise sans m'adresser un seul mot ni un seul regard, et il s'affala brutalement sur cette dernière.

Alice, qui était assise de l'autre côté de lui, se pencha en avant pour attirer mon regard en levant un sourcil. D'accord, donc ce froid n'était pas juste le fruit de mon imagination. Est-ce qu'il était énervé parce qu'il n'avait pas l'intention de flirter avec moi la nuit précédente ? Ou est-ce qu'il y avait autre chose qui tournait dans la tête impénétrable de ce métamorphe loup.

Les places en face de nous commencèrent à se remplir. Aaron me présentait à chaque personnalité qui s'asseyait. Les Cumberland, Hubert et Isla. Les Porter, Frankford et Tracy. Et ainsi de suite. Je respirai les effluves de leurs odeurs, mes instincts et leurs formes m'aidant à déterminer quel était le côté animal de chacun d'eux. Hubert et Isla étaient des cygnes. Frankford et Tracy des faucons. Parmi les couples autour de nous, il y avait des aigles, des pélicans, et même un couple d'oies. Je dus réprimer mon amusement en les imaginant avec leurs ventres arrondis et leurs longs cous sous leur forme aviaire.

— Eh bien, dit Hubert à Aaron après m'avoir adressé un vague signe de tête, j'espère que l'arrivée de la métamorphe dragonne signifie que la communauté peut progresser de manière plus ordonnée à partir de maintenant.

Tracy poussa un soupir épuisé.

— Ça a été plusieurs années stressantes.

Je suis sûre que votre alpha a fait de son mieux, avais-je envie de dire, mais je me mordis la langue. Aaron n'avait pas l'air offensé. Il était probablement plus sage pour moi de faire une bonne première impression.

— J'ai déjà observé un changement dans le ton des conversations, dit doucement Aaron. Le fait de nous voir nous les quatre alpha unis autour de Serenity offre à tout le monde la stabilité dont nous avions besoin.

Frankford me regarda par-dessus son nez crochu.

— Et c'est la fille que nous avons attendue pendant tout ce temps.

Il ne semblait pas impressionné. Est-ce qu'il s'était attendu à ce que je vienne à table sous ma forme de dragonne ?

— Me voici, dis-je en essayant de ne pas montrer à quel point j'étais mal à l'aise.

Les serveurs commençaient à arriver avec des plats de nourriture. Oh, bien, au moins j'aurais quelque chose à faire avec mes mains... et ma bouche qui ne représenterait aucun danger. Je pris ma fourchette et la plantai dans une tranche de viande... et je me rendis compte que tout le monde de l'autre côté de la table était en train de me fixer du regard.

Mes épaules se raidirent. Nate se pencha en avant et

me dit avec délicatesse à l'oreille : — Dans les dîners officiels, la tradition veut que nous cinq nous ne commencions pas avant que les autres ne soient en train de manger. C'est un truc symbolique, ou quelque chose du genre.

— Oh.

Mon visage devint écarlate et brûlant. Je reposai ma fourchette comme si elle m'avait brûlée. Formidable, alors j'avais déjà l'air d'une imbécile devant tous ces gros bonnets. Au cours de ces sept dernières années, en ayant principalement vécu dans la rue, attendre pour manger voulait souvent dire que quelqu'un d'autre allait me prendre ma nourriture sous mon nez. Je me dis qu'il allait grandement falloir que je revoie mon attitude.

— Je suis désolé, murmura Aaron. J'aurais dû te prévenir.

J'aurais dû attendre et suivre leur exemple. Est-ce que West venait juste de me lancer un regard noir ? Merveilleux, une raison de plus pour lui de penser que j'étais incapable de rentrer dans ce rôle.

Je gardai mes mains croisées sur mes genoux jusqu'à ce que les serveurs aient arrêté de se déplacer dans la pièce. Tout autour des tables, les invités du domaine commencèrent à manger. Lorsque mes alphas prirent leurs couverts en argent, je compris que c'était sans danger pour moi de commencer.

Maintenant que je pouvais manger, je devais bien avouer que la nourriture était incroyablement délicieuse. Non pas que je m'attendais à autre chose après avoir passé une journée dans cet endroit. Je mâchais d'un air béat, laissant les riches et tendres bouchées de steak vaincre ma gêne.

Mais ça ne suffisait pas pour occuper Isla. Elle pointa sa fourchette vers Aaron.

— Il faut que tu fasses quelque chose au plus vite à propos de ce groupe de la famille des félins qui court partout dans la zone des terres forestière de Southend.

— J'ai déjà commencé à en discuter avec leur alpha, dit Aaron du même ton égal que précédemment.

Il inclina sa tête vers Marco qui lui adressa un sourire tendu.

— C'est une grande forêt. On manque tous d'espace où on pourrait exercer nos natures animales en privé. Je pense qu'on peut trouver une répartition équitable.

Je fronçai les sourcils.

— Pourquoi le répartir ? Les chats utiliseront principalement le sol et les oiseaux la canopée, non ? Ne pouvez-vous pas tous tout utiliser sans trop de tracas ?

Isla pinça ses lèvres avec une expression dégoûtée. Son mari s'éclaircit la gorge.

— Il y a des frontières qui ont été mises en place, dit-il en lançant un regard à Aaron comme s'il était en train de l'accuser de m'avoir mal informée, pour une bonne raison. La famille féline a des antécédents de persécution sur des aviaires. Il y a plusieurs décennies, ils ont accepté de ne pas empiéter sur les espaces de notre famille.

Alors c'était une sorte de conflit entre Titi et Grosminet ? J'aurais éclaté de rire s'il n'y avait pas eu tous ces regards mécontents. J'avais encore fait une gaffe. Merde.

— Oh, dis-je. OK. Je l'ignorais.

Est-ce que c'était de la *pitié* qu'il y avait dans leurs regards à présent ? Je sentis des picotements sur ma nuque. Bon sang, ça ne faisait que deux semaines que je me préparais à assumer ce boulot, dont j'avais passé la majeure partie à faire en sorte de nous maintenir *en vie* mes compagnons et moi. Est-ce que ces gens étaient incapables de laisser une fille souffler ?

Peut-être qu'il valait mieux que je ne parle pas. C'était un moyen infaillible de ne pas avoir l'air d'une parfaite idiote.

La conversation s'engagea sur un certain évènement que les Cumberland voulaient organiser pour le groupe de la famille, puis sur deux problèmes d'affaires que j'étais incapable de suivre. Je vidai mon assiette, repue, mais il me restait de la place pour le dessert. Le fait de rester assise là, à écouter une conversation qui me passait au-dessus de la tête, m'épuisait. Comment pourrais-je être une compagne digne de ce nom pour chacun de mes alphas alors que tous les autres métamorphes dans la pièce pouvaient voir à quel point j'étais ignorante ?

Puis Frankford commença à se lancer dans une diatribe contre les humains.

— On aurait dû acheter cette parcelle de terrain quand on en avait l'occasion. Maintenant ces gens vont être juste à notre porte. À faire leurs stupides suppositions humaines, à proposer leurs stupides conseils humains. Si désespérément inconscients.

— Mais est-ce que tu imagines l'agitation s'ils savaient ? gazouilla Tracy. Ces pauvres créatures ne pourraient pas se faire à l'idée de la force que nous possédons.

Je ne pouvais plus me permettre de rester assise en silence.

— Tous les humains ne sont pas des imbéciles, dis-je. Ma meilleure amie est restée à mes côtés dans tout ce que j'ai traversé.

Isla me lança un autre de ces regards remplis de pitié.

— Mais est-ce qu'elle l'aurait fait si elle avait découvert ce que vous étiez ? Je ne pense pas.

Un élan de rage monta en moi.

— Eh bien vous avez tort. Parce qu'elle le sait déjà et elle est toujours là pour moi.

Si j'avais pensé que les gros bonnets métamorphes avaient l'air horrifiés avant, à présent ils semblaient totalement atterrés. Toute trace de couleur quitta le visage de la femme. La bouche d'Hubert se tordit dans une grimace.

— Vous avez révélé votre vraie nature à une humaine ? cracha Tracy.

Aaron leva sa main pour appeler au calme.

— Il y avait des circonstances particulières, dit-il. Nous avons pris une décision en urgence. Celle-ci a joué en notre faveur. L'amie de Serenity a prouvé être une précieuse alliée.

— Pour révéler non seulement les affaires des métamorphes, mais aussi celles de nos alphas...

Frankford secoua la tête.

Je serrai les dents. Ce n'était pas suffisant pour contenir la bouffée de frustration qui montait en moi.

— Écoutez, dis-je vertement, je suis la métamorphe dragonne ici. Je suis la seule que vous ayez. Si je ne peux pas décider qui peut savoir quoi, qui d'autre exactement est qualifié pour le faire ?

Quelqu'un à la table marmonna quelque chose dans sa barbe. La majorité des mots avaient été dits trop bas pour que je puisse les percevoir, mais j'en avais assez entendu. « ... si longtemps loin de sa propre espèce... »

Mes mains se crispèrent sous la table.

— Est-ce que quelqu'un ici a besoin d'une démonstration ? demandai-je en haussant légèrement la voix. Pour vous assurer que je suis assez dragonne pour vous ? Je pourrais faire tomber le plafond. Je pourrais enflammer tout cet endroit. La partie de la transformation est maîtrisée. J'apprends le reste des détails aussi vite que je le peux.

J'ouvris mes doigts pour prendre la main d'Aaron et la poser sur la table entre nous. Il serra la mienne en retour et les coins de sa bouche tressaillirent.

— Et il n'y a personne que je préférerais plus avoir à mes côtés pendant que j'apprends que votre alpha, dis-je. Il m'a suivie quand j'avais besoin de son aide, et je le suivrai partout où il aura besoin que j'aille. Partout où vous tous aurez besoin que nous allions pour faire en sorte que la communauté reste forte. Alors j'apprécierais que vous m'accordiez un peu de crédit.

Le silence régna autour de la table pendant un instant. Les métamorphes en face de nous baissèrent les yeux. Merde, est-ce que je m'étais à nouveau mise dans l'embarras toute seule ?

Avant que je ne puisse faire plus d'erreurs, le dessert arriva. Des parts parfaites de cheesecake à la fraise pour noyer mon chagrin. Je gardai ma bouche fermée et me contentai d'observer et d'écouter.

Lorsque le repas fut terminé, Aaron se leva, m'entraînant avec lui.

— C'est un honneur de me tenir devant vous avec mes confrères alphas et, bien sûr, ma nouvelle âme-sœur, dit-il à notre audience en haussant la voix pour que cette dernière porte à travers toute la pièce. Merci à tous d'avoir été aussi accueillants avec Serenity. Vous ne trouverez pas de défenseuse plus dévouée ni de combattante plus acharnée pour notre peuple.

Mon visage se réchauffa. Il rajouta encore quelques petites choses pour dire à quel point j'étais extraordinaire, et je fis un signe de la main à la foule, mais à l'intérieur de moi je me sentais chancelante.

Les aurevoirs aux invités se passèrent dans le flou. Aaron me raccompagna jusqu'à mes appartements. Je le laissai entrer et tombai le visage la première sur mon lit avec un gémissement.

— Tu n'avais pas à enchaîner les compliments les uns derrière les autres comme ça. Je suis vraiment désolée d'avoir autant ouvert la bouche. Je ne parlerai plus jamais.

Aaron eut un petit rire.

— De quoi est-ce que tu parles ? Tu as *été* formidable.

Je tournai ma tête pour le regarder en haussant un sourcil avec une expression sceptique.

— De quoi est-ce que *tu* parles ? Je me suis totalement ridiculisée au moins cinq fois.

— Pas du tout.

Il s'assit sur le lit à côté de moi en souriant.

— Tu leur as montré que tu suivais nos traditions quand tu les connaissais. Que tu étais prête à prendre de nouvelles informations en compte. Que tu étais dévouée au peuple auquel tu tenais. Et que tu m'avais accordé ta loyauté. Je n'aurais pas pu demander plus.

Est-ce qu'il était sérieux ? Il avait l'air sincère. Je n'arrivais pas à le croire, mais un peu de la tension qui pesait sur mon cœur retomba.

Je me redressai et me penchai pour l'embrasser. Aaron glissa ses doigts dans mes cheveux tandis qu'il me rendait mon baiser. J'essayai de concentrer la moindre once d'amour et de gratitude que j'éprouvais dans la rencontre de nos lèvres.

Ma main était posée sur sa cuisse. Au moment où je me rapprochai pour rendre le baiser plus intense, ma paume glissa. Mon pouce effleura la bosse dure qui était déjà au garde-à-vous dans le pantalon de ville d'Aaron.

Celui-ci ronronna de plaisir et une différente sorte de chaleur m'envahit. Soudain, je savais exactement ce que j'avais envie de faire avec ce merveilleux et magnifique homme.

Je déposai des baisers le long de sa mâchoire tandis que je baissai mes mains vers sa braguette. Au moment où je tirai sur son pantalon, il me laissa baisser celui-ci, me regardant avec des yeux aux paupières alourdies par le désir. Cette vision ne fit qu'attiser le feu en moi.

— Ne bouge pas, murmurai-je avant de m'agenouiller devant lui.

Je passai ma langue sur le bout de son sexe. Aaron poussa un gémissement. J'attrapai la base de son érection et ses hanches s'inclinèrent toutes seules vers moi.

— Serenity, commença-t-il comme pour me dire que je n'étais pas obligée de le faire, mais je le savais déjà.

J'en mourais d'envie, autant pour moi que pour lui.

L'homme en face de moi dirigeait un quart de tous les métamorphes avec un caractère égal et des paroles mesurées. Mais j'avais le pouvoir de lui faire perdre son calme simplement en le touchant. Et il y avait des parties de lui que je n'avais pas encore revendiquées comme miennes.

Je penchai la tête, prenant son sexe dans ma bouche. Son goût, encore plus salé que l'air de l'océan, arrosa ma langue. Je fis tourner cette dernière autour de son membre, aimant la manière dont celui-ci tressaillait à cause de ce mouvement. Il se pencha en arrière sur le lit, ses poings serrés autour des couvertures. Sa respiration était déjà irrégulière.

J'exerçais des pressions avec ma main tout en accélérant graduellement, l'aspirant et le le relâchant. Encore et encore, jusqu'à ce que son corps se mette à trembler et que sa respiration devienne haletante. Je fermai mes lèvres autour de lui encore plus fort, et un autre gémissement monta dans les airs.

— Serenity, dit-il, je vais venir. Si tu continues...

Bien. C'était exactement ce que je voulais. Une sensation de picotements se mit à grandir entre mes jambes tandis que je faisais glisser mes lèvres de haut en bas sur lui. Son sexe tressaillit de nouveau. Sa respiration devint irrégulière. Puis ses hanches se redressèrent brusquement au moment où sa jouissance heurta le fond de ma bouche.

— Serenity, murmura-t-il. Serenity.

Sa main caressa ma tête. Et juste en cet instant, rien d'autre ne comptait, ni les trahisons, ni les mensonges, ni les manigances des renégats et des fées. Il n'y avait qu'une chose au monde qui pouvait me retenir.

18

Marco

Il était difficile de dire quel avait été le moment le plus horrible dans ma vie, mais il avait certainement eu lieu au cours des dernières vingt-quatre heures. Je mettrais peut-être en haut de la liste la douleur et la colère dans la voix de ma princesse quand elle m'avait accusé de la traiter comme un jouet pour chat la veille. Peut-être ces quelques secondes en cet instant précis où je frappais à la porte de ses appartements à huit heures du matin en me demandant si elle répondrait.

Des bruits de pas légers étouffés par les tapis se firent entendre de l'autre côté. Mon dos se raidit. Ren ouvrit la porte.

Non, le moment le plus horrible était celui-ci, à regarder ma Princesse des Flammes tressaillir en me voyant, la blessure que je lui avais infligée flamboyant toujours clairement dans ses yeux. J'avais l'impression qu'une morsure pénétrante et sans pitié m'ouvrait en deux de mon cœur jusqu'à mes tripes, une morsure que je méritais.

Pourquoi, bordel, est-ce que je n'avais pas tenu ma langue pour une fois dans ma vie ? Pourquoi est-ce que j'avais laissé mon idiote de famille m'exaspérer ?

Pourquoi est-ce que j'avais commencé à penser à mon âme-sœur comme à un moyen d'arriver à une fin, ne serait-ce qu'un peu ? Je savais qu'*elle* méritait mieux que ça. Je pouvais lui donner mieux que ça. Si jamais elle me donnait une autre chance.

Mais je ne comptais pas ramper ni me plaindre. La douleur que je ressentais était ma faute et c'était à moi de la gérer. Je serais deux fois plus un salaud si j'essayais de mettre ça aussi sur son dos, comme si elle devait me réconforter de mon épique fiasco.

— Princesse, dis-je en inclinant ma tête. Puis-je entrer ?

Elle hésita, et je crus que j'allais mourir. Moins d'une semaine plus tôt, j'avais goûté ses endroits les plus intimes, et à présent elle n'était pas sûre ne serait-ce que de me vouloir dans la même pièce qu'elle. Ça allait être une longue et difficile ascension.

Mais elle en valait la peine. Il fallait juste que j'arrive à la convaincre que c'était ce que je pensais.

Je m'obligeai à afficher un sourire penaud.

— Je peux faire mes excuses ici dans le couloir si tu préfères. Mais promis, je ne prévois pas de m'imposer très longtemps.

— Non, dit-elle. Très bien. Entre.

Elle devait déjà être levée depuis un moment. J'arrivais à sentir les traces de savon se mêler avec la douce odeur de sa peau fraîchement lavée. Elle avait choisi une autre robe : une robe en soie rose poudré, plus simple que celle qu'elle portait la veille au soir lors du dîner officiel, mais pas moins royale. Elle collait à ses courbes fines d'une manière qui envoya un éclair désir dans tout mon corps.

Mais je me dis qu'elle ne l'avait pas choisie pour petit-déjeuner avec ses âmes-sœurs. C'était son armure pour son entrevue avec la reine des fées.

— Tu vas couvrir de honte Sa Majesté des fées, dis-je en montrant la robe d'un signe de la tête.

Ren passa ses mains sur le tissu fluide, semblant gênée un court instant. Puis elle reprit sa posture plus droite.

— Je veux juste qu'elle sache qu'elle a affaire à un autre genre de souveraine, dit-elle. De quoi est-ce que tu voulais parler ?

Comme si elle ne pouvait pas le deviner. Il était difficile de soutenir son regard pendant que je cherchais mes mots, mais je ne voulais pas qu'elle pense que je fuyais mes responsabilités.

— Comme je le disais, je dois m'excuser, dit-il. Tu as raison d'être en colère après moi. Je n'aurais jamais dû parler de toi de cette manière, à personne. Je ne peux pas te dire à quel point je regrette d'avoir fait ça. Et je déteste encore plus l'idée que tu aies eu à l'entendre.

—Alors pourquoi est-ce que tu *as* dit ces choses ? demanda-t-elle en croisant ses bras sur sa poitrine.

Mon Dieu, comment le dire. Les mots avaient un goût amer au fur et à mesure que je les formulais.

— Il y a un certain... air d'assurance que je me suis aperçu que je devais montrer quand je parle à ma famille. Surtout face à ceux qui pourraient vouloir prendre ma place en tant qu'alpha. S'ils pensent qu'il n'y a pas grand-chose qui m'affecte, ils ne trouveront aucune faiblesse à exploiter. Mais je n'aurais pas dû laisser ça s'étendre jusqu'à toi. Je te dois beaucoup plus de respect que ça.

Les yeux de Ren ne me quittaient pas, ne laissant rien transparaître.

— Tu me le dois ? dit-elle. Alors tu es en train de me dire que rien de ce que tu as dit à ta famille ne reflète tes vrais sentiments, ne serait-ce qu'un peu ?

Je ne pouvais pas mentir face à ses sensibilités de métamorphe dragonne. Elle le saurait, et ça ne ferait que m'enfoncer encore plus profondément dans ce trou.

— Je pensais sincèrement ce que je t'ai dit dans les grottes, princesse, dis-je. Je tiens à toi. Je veux passer ma vie avec toi. Mais je ne peux pas prétendre que je ne suis pas non plus conscient que ma position sera plus sécurisée une fois notre lien consommé. J'ai peut-être trop insisté. Je suis encore plus désolé pour ça.

J'aurais pu dire encore beaucoup plus, mais j'étais aussi capable de la lire. Et avec la haute société aviaire qui la critiquait et cette entrevue imminente avec les fées, elle n'était clairement pas d'humeur pour des excuses.

De toutes façons, j'étais au-delà des excuses. J'avais foiré. J'assumais. Ce qui comptait vraiment à présent, ce n'était pas ce qui était arrivé dans le passé, mais ce que j'allais faire à partir de cet instant.

— Je comprends qu'il va falloir du temps pour regagner ta confiance, ajoutai-je. Mais je le ferai, peu importe le temps qu'il faudra. Je parle peut-être beaucoup, mais je ne donne pas ma parole à la légère. Je te promets que je regagnerai cette confiance honnêtement.

Ren hocha la tête. Je ne savais pas si elle acceptait la promesse ou si elle voulait juste que je sois hors de sa vue.

— Merci pour tes excuses, dit-elle sérieusement. Je suppose qu'on va devoir voir comment ça se passe. J'aurai besoin d'espace pour pouvoir réfléchir.

Bien sûr. Quand nous étions proches l'un de l'autre, notre lien entre âmes-sœurs l'attirait toujours à moi autant qu'il m'attirait à elle. Je pouvais être très reconnaissant pour ça.

Je penchai ma tête.

— On se revoit pour notre visite dans le royaume des fées alors.

Elle ne prononça pas un seul autre mot tandis qu'elle me regardait sortir de la pièce. La porte se referma derrière moi avec un cliquetis, et j'étais incapable de dire que mon cœur était moins lourd.

Ren

Ma tête était tellement remplie de questions et d'inquiétudes à propos de l'entrevue à venir que j'avais à peine assez de place dans cette dernière pour décider de ce que je pensais des excuses de Marco. J'avais même à peine de la place ne serait-ce que pour être attentive à là où j'allais.

Je suivais l'odeur des œufs et des saucisses dans le couloir qui menait jusqu'à la salle à manger privée. Mon estomac était noué par l'anxiété, mais j'allais avoir besoin d'énergie pour cette rencontre avec la reine des fées. Je n'avais aucun doute à ce sujet.

Comment allait-elle réagir quand je lui dirai que je savais ce que son peuple avait fait. Comment allais-je réagir si elle essayait d'ignorer cette histoire ou de la nier ? Le peuple d'Aaron ne serait vraiment pas impressionné si je parvenais à amener les métamorphes aux portes d'une guerre surnaturelle moins d'un mois après m'être présentée pour prendre ma place de métamorphe dragonne.

Une femme sortit de la salle à manger et se dirigea vers moi. J'enregistrai son odeur (chouette) à distance, le plateau qu'elle portait (elle devait avoir amené ou débarrassé de la nourriture) et les gants fins qui couvraient ses mains (est-ce qu'il faisait plus froid que d'habitude aujourd'hui ?). Puis mon esprit recommença à réfléchir à la journée qui m'attendait.

Je ne lui accordai aucune attention au moment où elle laissa tomber le plateau à mes pieds et qu'elle essaya d'enfoncer un couteau à découper vers mon ventre.

Mes réflexes de métamorphe se déclenchèrent avant même que je n'ai le temps d'intégrer l'idée que j'étais la cible d'une attaque. Je bondis sur le côté, frappant avec mon bras au même moment. Le couteau ne fit qu'entailler mon ventre.

La femme poussa un petit cri et se jeta sur moi. J'attrapai son poignet avant qu'elle ne puisse donner un autre coup. Des écailles ondulèrent sur mon corps tandis que je commençai à me transformer par instinct de défense. Je me dressai au-dessus d'elle, mes hanches se développant, mes griffes s'allongeant et des flammes ondulant dans ma gorge.

— Ren !

La voix de Nate me parvint derrière moi.

Une autre distraction, ce n'était pas ce dont j'avais besoin en cet instant précis.

— N'approche pas, criai-je, ma voix devenant rauque avec la transformation partielle. Je gère ça.

La femme se tortillait entre mes mains. Elle essaya de me donner un coup de pied dans la hanche, mais celui-ci glissa sur la peau aux écailles épaisses qui s'était formée à cet endroit. Elle donnait des petits coups sur mes yeux avec sa main libre. Je m'écartai dans un sursaut, et ma prise sur son poignet se desserra. Elle se libéra et essaya de me donner un autre coup de couteau.

Je la fis tomber sur le sol avec un grognement. Le couteau m'entailla l'épaule. Je le frappai d'une main pourvue de griffes, l'envoyant voler contre le mur. La femme me fixait, ses yeux écarquillés sous l'effet de ce qui ressemblait désormais à de la panique. Je clouai ses deux bras au sol, la regardant moi aussi fixement tandis que je reprenais mon souffle.

Soudain, les gants prirent tout leur sens. Elle avait été obligée de cacher qu'elle ne portait pas de marque d'une famille.

Je l'avais piégée. Je l'avais arrêtée, et maintenant elle ne pouvait pas s'échapper. On pouvait enfin parler à un de ces renégats, avec tout le bien que ça pourrait nous apporter.

Les bruits des pas de Nate résonnèrent derrière moi. Il était resté en retrait comme je le lui avais demandé. Je lui lançai un sourire rapide et féroce par-dessus mon épaule.

—Merci. Que dirais-tu de découvrir ce qu'elle sait ?

— Tu as géré, dit-il en s'approchant à côté de moi. Fais-moi savoir si tu as besoin de moi.

Mais maintenant que j'avais la renégate, je ne savais pas quoi dire.

— Pourquoi est-ce que tu m'as attaquée ? demandai-je en fixant de nouveau mon regard sur elle. Est-ce que tu es seule ou est-ce qu'il y a d'autres renégats ici ?

— Je ne te dirai rien, dit-elle d'une voix entrecoupée avant de pincer ses lèvres.

— Est-ce que tu fais partie du groupe qui s'en est pris à ma mère avant, du groupe qui a assassiné mes pères et mes sœurs ? Et d'abord, comment est-ce que tu as fait pour pénétrer dans le domaine ?

Elle me regarda sans un mot. Je sentais la frustration bouillonner en moi. De la chaleur se rassembla dans ma gorge, et mon esprit repensa aux mots que j'avais entendus quand j'avais accepté la flamme du cristal dans la montagne.

Brûle les mensonges pour chercher ce qui est réel.

L'envie irrépressible de souffler chatouillait le fond de ma gorge. Je pouvais le faire, je pouvais me transformer jusqu'au bout et cracher mon souffle enflammé sur cette femme. Mais je n'avais jamais essayé d'utiliser ce pouvoir avant. Et si je l'utilisais mal et que tout ce que j'allais faire, c'était de la brûler vive ?

J'avais déjà blessé des gens en me battant pour me défendre, mais cette renégate était déjà maîtrisée. Et être brûlée vive... ce n'était pas de la défense, c'était de la torture. Tous les os de mon corps rechignaient à cette pensée.

Ce n'était pas comme ça que je voulais commencer

mon règne sur les métamorphes. C'étaient les renégats qui étaient cruels, pas moi.

— Serenity ?

Aaron venait de sortir de la salle à manger. Il se raidit en voyant la scène dans le couloir. L'éraillement dans sa voix grossit.

— Qu'est-ce qui s'est passé ?

— Elle m'a attaquée avec un couteau qui ressemblait à un de ceux de la cuisine, dis-je. Mais elle refuse de parler.

Comment faire parler quelqu'un *sans* avoir recours à la torture ? Je la regardai droit dans les yeux, essayant de trouver une réponse dans ces derniers. Elle cligna des yeux et une étrange impression me submergea.

La manière dont elle était en train de me regarder... ce n'était pas de la colère. Ce n'était même plus totalement de la peur.

Elle était en admiration devant moi. Je le ressentais comme un courant d'air chaud. Et en-dessous de ça, il y avait un nœud de tristesse. Les pièces s'assemblaient dans ma tête.

— Tu n'avais pas vraiment envie de faire ça, n'est-ce pas ? dis-je en laissant ma voix s'adoucir.

La mâchoire de la femme tressaillit. Une ombre de cette même tristesse traversa son visage. J'avais fait mouche.

La porte située à l'autre bout du couloir s'ouvrit dans un murmure, mais je ne regardai pas pour voir qui était en train de nous rejoindre. Toute mon attention restait concentrée sur la renégate.

— Ils t'ont obligée à les aider, dis-je doucement. Est-ce

qu'ils t'ont menacée ? Ou est-ce qu'ils ont menacé quelqu'un que tu aimes ?

Elle perdit sa contenance. Un petit sanglot s'échappa de ses lèvres. Ses yeux s'étaient remplis de larmes.

Aaron s'agenouille à côté de moi.

— Je te jure que tu ne seras pas punie pour des crimes qu'on t'aurait contrainte à commettre. Par mon serment d'alpha.

Il leva sa main dans la paume de laquelle était gravée la cicatrice du serment. Une montée de puissance me fit frissonner.

La renégate l'avait sûrement sentie elle aussi. Quelques larmes coulèrent le long de son visage.

— Ils ont mon fils. Il n'a que dix-sept ans. Il est tout ce que j'ai. S'ils découvrent que je vous ai dit...

— Ils ne le sauront pas, dit fermement Aaron.

— Et on les arrêtera. On récupèrera ton fils.

Je lançai un regard à Aaron qui hocha la tête en signe d'approbation.

— Où sont les renégats qui l'ont pris ?

— Je ne sais pas, dit la métamorphe chouette d'une petite voix. Tout s'est passé par messages. Je ne les ai jamais vus face-à-face.

— Est-ce qu'ils ont prévu autre chose ? Est-ce que quelqu'un d'autre travaille pour eux sur le domaine ?

Elle secoua la tête.

— Je ne sais pas. Ils m'ont juste dit que si j'arrivais à... que si je...

Elle semblait incapable de cracher les mots.

— Que si tu me tuais, lui soufflai-je.

— Oui. Alors ils me rendraient mon fils. C'est tout ce que je sais.

Je me mordis la lèvre. Je voulais l'aider. Je voulais détruire tous les renégats qui avaient obligé quelqu'un comme elle à porter le chapeau pour leurs agissements. Mais c'était impossible si c'était tout ce qu'elle savait.

— On fera ce qu'on peut pour toi, dis-je, mais on va avoir besoin que tu nous aides aussi. Découvres-en plus à propos d'eux, d'où ils sont et de ce qu'ils font d'autre. De qui est impliqué. Tout pour qu'on puisse les retrouver. On ne révèlera pas que nous t'avons attrapée. Tu peux faire comme si tu étais encore en train d'attendre d'avoir ta chance, mais que tu veux faire plus pour eux. Fais comme si tu avais décidé d'être d'accord avec eux pour qu'ils te fassent confiance. Est-ce que tu peux faire ça ?

— Si ça me permet de récupérer mon fils, je ferai n'importe quoi.

Elle prit une profonde inspiration.

— Merci pour votre miséricorde.

Je la repoussai et la regardai pendant que je me levais. Elle s'assit, aucun mouvement brusque, aucun signe qu'elle avait l'intention d'essayer d'attaquer de nouveau. Le lendemain, elle aurait des bleus à cause de la manière dont j'avais serré ses poignets, mais je ne pouvais rien y faire. D'après l'expression sur son visage, elle ne m'en voudrait pas pour ça.

— Je vais m'arranger pour tu puisses me prévenir quand tu auras des nouvelles, où que je sois, dit Aaron.

— Et bien sûr, on va surveiller de près tes renégats, dit West d'une voix cassante.

Marco se tenait juste derrière lui. Quel relaxant petit-déjeuner ça s'avérait être.

Aaron aida la métamorphe chouette à se lever et la conduisit sur le côté pour discuter davantage avec elle. Je poussai un soupir en appuyant ma main contre le mur.

La montée d'adrénaline était en train de disparaître, me laissant tremblante. La jolie robe que j'avais choisie dans l'espoir d'impressionner ne serait-ce qu'un peu la reine des fées était désormais déchirée autour de mes jambes à cause de ma transformation partielle. Je ressentais une douleur cinglante au niveau de mon ventre à l'endroit où le couteau à découper l'avait piqué. La coupure sur mon épaule ne laissait suinter qu'un peu de sang à présent, mais elle me faisait encore mal.

Nate glissa son bras autour de mes épaules.

— Retournons dans tes appartements pour te soigner.

Il lança un regard vers ses confrères alphas.

— Demander à un des domestiques d'amener une assiette pour elle.

West lança un regard noir comme s'il était irrité par l'ordre, mais Marco accepta ce dernier avec un rapide hochement de tête.

— Pas de problème.

Il regarda en direction de la renégate, et ses lèvres se retroussèrent pour former une grimace.

— Et est-ce que je peux vous suggérer de garder la porte fermée jusqu'à ce que la nourriture arrive ?

19

Au moment où Nate et moi arrivâmes dans mes appartements, mes jambes n'en pouvaient plus. Je marchai d'un pas flageolant jusqu'au canapé du salon et je m'écroulai sur celui-ci.

Nate rentra dans la salle de bain et revint avec une petite boîte argentée qui s'avéra contenir des fournitures de premiers soins qui semblaient plutôt normales.

Je grimaçai tandis qu'il tamponnait de la crème antiseptique sur mes coupures. Il lissa un fin pansement adhésif sur mon épaule et il examina mon ventre.

— Je pense que je devrais enlever ça, dis-je en tendant les mains vers les bretelles de ma robe déchirée. Être une métamorphe a l'air d'avoir de fâcheuses conséquence pour ma garde-robe.

Nate eut un petit rire.

— On fait toujours attention à avoir beaucoup de vêtements de rechange à disposition.

J'enlevai le tissu en soie de mon corps, ne portant plus que mon soutien-gorge et mon slip. Il était impossible de ne pas voir le regard de Nate s'enflammer tandis qu'il me regardait. Une humidité se forma entre mes jambes en réaction. Je déglutis avec difficulté et tendis une main pour l'autre pansement.

Il recula pendant que je posais le pansement. Je ne me sentais pas prête à me lever. Je tendis une main vers lui, et il s'assit à côté de moi, m'attirant contre lui, mes jambes nues sur ses genoux, son bras autour de mes épaules, sans trop serrer afin de me laisser de la place pour bouger si je le voulais.

Ce que je voulais c'était être plus proche. Je me lovai contre son corps ferme, laissant sa chaleur et sa force m'apaiser. J'ignorai que la question aller sortir avant qu'elle ne franchisse mes lèvres.

— Est-ce qu'ils vont arrêter un jour ? Les renégats... est-ce qu'ils vont un jour me laisser tranquille ? Je ne leur ai jamais *rien* fait... Ils ne me connaissent même pas !

— Je sais, dit Nate de sa voix basse de baryton.

Il posa son menton sur ma tête et frotta le côté de mon bras.

— Je ne comprends même pas ce qu'ils ont fait il y a seize ans. Pour trimballer autant de haine, pour vouloir blesser les gens à ce point... Ils sont malades. Leurs esprits sont tordus. C'est la seule chose qui me vient à l'esprit.

— Alors ils n'arrêteront jamais. Ils vont juste continuer jusqu'à ce qu'ils me tuent... ou qu'on les tue tous.

— Peut-être qu'ils seront capables de changer d'avis une fois qu'ils auront appris à te connaître.

Il déposa un baiser sur mon front.

— Tu es déjà en train de devenir une partie de notre communauté. La plupart des membres de la communauté sont heureux que tu sois là, tu l'as vu, n'est-ce pas ?

Je repensai à la froideur des gros bonnets la veille au soir, mais la vérité, c'était qu'ils ne représentaient qu'une petite portion des métamorphes, même s'ils étaient puissants. La plupart des membres de la communauté que j'ai rencontré, les aviaires ici, les canidés dans cet autre village, avaient une plus haute estime de moi que même moi je n'en avais.

— Ouais, dis-je. Ils ont été merveilleux, vraiment. Je ne suis pas sûre de le mériter encore.

— Bien sûr que tu le mérites. En te battant contre les renégats, ce que tu as déjà fait plus d'une fois déjà, tu te bats pour nous tous. Pour la sécurité de toute la communauté. Et ce que tu viens juste de faire, avec cette métamorphe chouette... Tu as prouvé que tu essayes de faire ce qu'il faut pour tous les métamorphes, même pour les renégats. Les gens verront ça. Le mot passera. Et ceux qui ne sont pas tordus pourraient se rendre compte qu'ils ont tort.

Je n'étais pas sûre de croire que c'était probable, mais ça restait tout de même une belle idée.

Quelqu'un frappa à la porte. Je ne pus m'empêcher de grimacer. Nate exerça une pression rassurante sur mon bras et alla répondre. Il revient avec une assiette d'aliments pour le petit-déjeuner qui fit gargouiller mon estomac.

Pendant quelques minutes, ma faim repoussa notre conversation sur le côté. J'entamai avec appétit les œufs brouillés, la saucisse et les pommes de terre rissolées comme si je n'avais pas mangé depuis plusieurs jours. Se transformer ouvrait vraiment l'appétit. Ou peut-être que c'était l'adrénaline. Dans tous les cas, j'expédiai mon petit-déjeuner comme si ma vie en dépendait.

— Ça va mieux ? demanda Nate avec un sourire amusé.

— Beaucoup mieux.

Je reposai l'assiette sur le côté et me blottis contre lui, enroulant mon bras autour de son torse musclé. Nous avions encore deux heures avant de devoir partir pour l'entrevue. Et le fait d'être avec lui, de le tenir et d'être tenue par lui était le meilleur baume auquel je pouvais penser pour mes nerfs en cet instant précis.

Qu'est-ce que le métamorphe qui avait apporté mon petit-déjeuner pensait de cette situation, du fait que je me cachais dans ma chambre ? Cette question me fit repenser aux commentaires qu'avaient fait Nate un peu plus tôt.

— Personne ici ne me connaît vraiment encore, dis-je. Pas même ceux qui m'apprécient. Ils attendent encore de voir exactement ce que je vais faire.

Nate émit une sorte de bourdonnement pour indiquer qu'il partageait mon avis.

— Peut-être, mais ils espèrent que ce sera positif. Ils veulent être de ton côté.

C'était vrai, n'est-ce pas ? J'avais ressenti cet espoir chez tous les métamorphes avec lesquels j'avais parlé pendant la fête. Et à chaque étape franchie, je pouvais leur donner un peu plus pour justifier leur foi en moi.

Ce n'était pas seulement les métamorphes ordinaires qui avaient foi. Mes alphas se tenaient à mes côtés depuis le début, depuis l'époque où j'étais une totale étrangère pour eux aussi. Peu importe à quel point ils pouvaient être sceptiques à l'époque.

Et Nate n'avait pas failli une seule fois. Il s'était peut-être montré un peu trop enthousiaste en termes d'héroïsme, mais il ne m'avait jamais parlé et n'avait jamais agi avec moi comme s'il doutait de moi.

J'inclinai de nouveau mon visage et touchai sa joue. Nate n'avait pas besoin que je lui dise ce que je voulais en cet instant. Il pencha sa tête, capturant mes lèvres dans un baiser doux mais ardent. Ses mains survolaient mon corps, effleurant chaque centimètre de peau nue. Je glissai ma main sous sa chemise tandis que je l'embrassais avec plus de force, voulant le sentir lui aussi. Pour explorer la moindre ligne de ce torse aux muscles fermes.

Le faire vraiment mien.

Cette pensée remonta dans ma tête à travers la brume du désir. Aucune hésitation ne s'éleva pour s'y opposer. L'idée juste être *la bonne*.

Je tirai sur la chemise de Nate. Il la retira et se pencha pour un autre baiser. Chaque parcelle de sa peau nue qui me touchait me laissait encore plus brûlante de désir. Il fit remonter sa main le long de mon dos dans une caresse et détachât l'agrafe de mon soutien-gorge. Tandis qu'il me couvrait de baisers en descendant vers ma clavicule, il prit mon sein dans ses doigts forts et habiles. Son pouce tourna autour de mon téton, envoyant une décharge de plaisir dans tout mon corps. Je poussai un gémissement en m'arquant sur ses genoux.

Il leva mon sein jusqu'à sa bouche et taquina le bout de ce dernier encore plus fort avec sa langue. Mes doigts s'enfoncèrent dans ses épaules. Le plaisir me parcourait de ma poitrine jusqu'à mon aine tandis qu'il lapait un sein après l'autre. Sa main suivait sa bouche, me léchant et me caressant jusqu'à ce que mes deux tétons se dressent comme des pics fermes et que tout le reste de mon corps se mit à trembler.

— J'aime voir à quel point je peux te faire du bien, murmura Nate en enfouissant son nez dans le creux de mon cou. J'aime pouvoir m'occuper de toi comme ça. Je n'ai jamais voulu *personne* comme ça, Ren. Mon cœur a toujours su que tu étais celle dont j'avais besoin.

Je sentis brusquement un pincement doux-amer au niveau de mon cœur. Il avait pris un tel risque en m'attendant. Abandonnant le bonheur qu'il avait juste devant lui sans même savoir si je réapparaîtrais.

Je glissais ma main autour de son cou et l'attirais dans un baiser plus profond. Mon autre main était posée sur ses genoux, à côté de mes jambes, sur la longueur dure de son érection collée contre sa braguette.

Nate gémit dans ma bouche. Il remontait et redescendait ses doigts sur mes hanches, taquinant le bord de mon slip. Demandant, mais sans exiger. Ma langue se glissa dans sa bouche pour se mêler avec la sienne. Pendant un long moment, je chevauchai la montée de plaisir issue de nos respirations qui s'entremêlaient. Puis je me levai de ses genoux, l'attirant avec moi. Vers le lit.

— J'ai besoin de toi moi aussi, dis-je.

Nate me regarda avec une soudaine intensité. Il se leva et s'avança vers moi, se dressant au-dessus de moi de toute sa hauteur. Mais c'était une posture rassurante. Le fait qu'un homme comme ça ait autant envie de moi me donnait l'impression d'être plus grande, et non plus petite.

J'accrochai mes doigts à l'ourlet de son pantalon. Il eut le souffle coupé.

— Ren, dit-il avec émerveillement. Il toucha le côté de mon visage avec tellement de tendresse dans cette main aussi puissante.

— Je veux que tu sois mon âme-sœur, dis-je en le regardant moi aussi. Et je veux être tienne. Maintenant et pour toujours.

— Oh oui ! dit-il.

Il se pencha pour écraser de nouveau ses lèvres contre les miennes. Je m'agrippai à ses épaules tandis qu'il marchait pour nous ramener vers le lit. Lorsque mes jambes touchèrent le pied du sommier, je tendis mes mains vers le bouton de son pantalon. Il retira ce dernier d'un geste rapide, tout comme son boxer.

Pendant une seconde, je ne fis qu'admirer la perfection de son corps. Un mètre quatre-vingts et quelques de muscles et de peau douce, tout ça pour moi. Et son sexe, épais et long, au garde-à-vous pour moi. Devenant de plus en plus dur au fur et à mesure que je le caressai de sa base jusqu'à son gland.

Un grondement sourd résonna dans le torse de Nate. Il me souleva et m'allongea sur l'immense lit, s'occupant rapidement de mon slip. Mais l'envie de prendre le contrôle m'envahit. Je le poussai sur le dos et m'agenouillai au-dessus de lui. Il me fit un grand sourire en posant ses mains sur mes hanches.

— Guide. Je serai là avec toi.

Un élan d'affection me submergea. Je baissai mes lèvres vers les siennes, l'embrassant longuement et avec force. Mais trop de désir s'était accumulé entre mes jambes pour que je puisse attendre longtemps. Je frottai mon sexe contre le sien. Nous gémîmes tous les deux. Inspirant lentement, je me baissai directement sur lui.

Son sexe me remplissait entièrement d'une chaleur enivrante. Je poussai un gémissement, balançant mes hanches jusqu'à ce qu'il soit totalement en moi. Il tendit les bras pour caresser mes seins d'une main et mon clitoris de l'autre. Les sensations combinées déclenchèrent une marée d'extase qui balaya toute autre pensée de ma tête.

Je le chevauchai désespérément, pourchassant mon orgasme. Il releva et abaissa ses hanches pour suivre mon rythme. Sa respiration devint irrégulière. Une pellicule de sueur mouillait son torse tandis que je m'accrochais à ce dernier avec mes mains.

— Je veux te voir jouir, murmura-t-il en faisant tourner son pouce sur mon clitoris. Prends tout ce qu'il te faut, ma chérie.

Quelque chose dans ces mots me fit basculer. La lumière de notre lien brillait entre nous. Elle se répandait sur moi, m'entourant de la protection que je savais que Nate m'offrirait toujours quand j'aurais besoin de lui.

Je donnai quelques coups de rein contre lui et le plaisir éclata dans tout mon corps. Je haletai, m'accrochant à lui. Il me caressa à travers la vague d'extase, ses yeux brillant de tendresse, et d'un désir plus profond.

Même alors que mes nerfs chantaient de plaisir, j'en voulais plus. Plus fort, plus vite. Je m'affaissai sur lui et le tirai un peu pour nous faire rouler. Il nous fit basculer sans sortir de moi. Je levai mes jambes de chaque côté de ses hanches pour lui donner un accès encore plus profond.

— Encore, dis-je. Emmène-moi plus haut.

Il s'enfonça en moi avec un tremblement.

— Tu es tellement bonne, Ren. Tellement sacrément bonne.

Un gémissement jaillit de mes lèvres.

— Toi aussi. Donne-moi tout. Je peux le prendre. Je le veux. Ne t'avise pas de te retenir.

Avec un son à mi-chemin entre un gémissement et un petit rire, il donna des coups de reins plus rapides. Nos peaux glissaient l'une contre l'autre, couvertes de sueur. Chaque muscle de son corps semblait s'enrouler sous mes mains qui le tripotaient, conduisant son membre en moi avec tout ce qu'il avait. Exactement comme je le voulais.

Le plaisir enfla et enfla jusqu'à ce que j'en tremble. Je m'arquai, le prenant jusqu'à la garde, et un autre orgasme me balaya. Nate fut pris d'une tremblement accompagné d'un jet de liquide chaud à l'intérieur de moi. Sa tête se pencha vers moi tandis qu'il donnait un dernier coup de reins.

Nous restâmes allongés là, pantelant, pendant un long moment. Je passai mes doigts sur sa joue et il me fit un grand sourire, si éclatant que je sentis ma poitrine palpiter.

— Je ne sais pas comment je peux avoir autant de chance, dit-il, mais s'il y a bien une chose dont je suis sûr, c'est que je ferai tout pour m'assurer de la mériter.

— Hum, dis-je en l'attirant vers le lit pour qu'il se blottisse contre moi. Je pense que c'est un *excellent* début.

Mon corps s'adaptait à la perfection au sien. Son cœur martelait à côté de mon oreille appuyée contre sa peau chaude. Je déposai un baiser contre cette dernière, regrettant de ne pas pouvoir rester ainsi pour le reste de la journée.

Ses doigts glissaient de haut en bas sur mon dos.

— On va devoir te remettre dans une autre robe bientôt.

— Je sais. Mais pas tout de suite.

Cinq minutes supplémentaires sans penser à la reine des fées ni à ce qu'elle pouvait nous réserver, c'était tout ce que je demandais.

Je nichai ma tête contre son épaule, fermant les yeux face au reste du monde et aux problèmes qui l'accompagnaient.

20

Ren

Des insectes bourdonnaient autour de nous tandis que nous marchions d'un pas lourd sur le sentier à travers les bois. L'odeur de la mousse dans l'air était agréable, mais le terrain ? Pas vraiment. Je lançai un regard noir à une racine qui ressortait du sol et sur laquelle j'avais manqué de cogner mon orteil.

C'était rêver que de penser que les treks étaient loin derrière nous, après une longue ascension et une longue descente de la montagne. Nous avions parcouru en voiture la majeure partie du chemin vers le terrain neutre qui se trouvait entre le domaine aviaire et celui de la reine des fées, mais apparemment ces dernières trouvaient toute forme de mode de transport humain détestable. Le fait d'arriver à leur rencontre avec un véhicule motorisé aurait constitué une grave insulte. Alors nous marchions.

Ce qui constituait franchement une grave insulte à

mes pieds, mais je n'étais pas encore en position d'avoir des exigences d'un tel niveau.

Ça aurait été plus facile si j'avais au moins pu *voler*, mais j'étais encore assez novice en ce qui concernait la transformation. La dernière chose que je voulais, c'était gâcher ma réserve d'énergie avant même que nous n'arrivions jusqu'à cette reine des fées. D'après tout ce que j'avais entendu, j'allais avoir besoin de tous mes esprits et de toute ma puissance pour cette confrontation.

Mes alphas étaient restés sous leur forme humaine pour pouvoir eux aussi parler à la reine, du moins c'était ce que je supposais, et probablement également pour me tenir compagnie. Mais quelques membres de la famille d'Aaron nous avait rejoint sous leurs formes d'oiseaux. Alice avait serré ma main et m'avait dit de faire vivre un enfer à la reine des fées avant de décoller en se transformant en un aigle aussi grand que celui de son frère. Une pie grièche, un corbeau et un albatros s'élevaient également dans les airs au-dessus de la forêt à nos côtés, surveillant la moindre trace d'activité suspecte de la part des fées.

Aaron marchait en tête, scrutant la forêt avec son regard vigilant. Marco avançait d'un pas nonchalant à côté de lui avec sa grâce féline. West marchait aussi loin derrière moi qu'il le pouvait sans percuter Nate qui protégeaient nos flancs.

Le lien entre mon aigle et mon ours et moi brillait en moi avec une chaleur réconfortante. Mais j'étais aussi conscience de ma connexion avec mes deux autres compagnons et de l'attirance persistante que j'éprouvais pour eux, qui n'attendait qu'à être satisfaite. En particulier s'agissant de West. Même s'il gardait ses distances, mon dos était parcouru de picotements alors que je sentais son regard posé sur moi. Un type de chaleur soudaine, plus grisante : là, puis s'éloignant, puis là de nouveau.

Je tirai sur la jupe de ma nouvelle robe pour la lever au-dessus de mes chaussures tandis que nous remontions une petite pente rocheuse. Celle-ci était en soie couleur carmin au lieu de la précédente rose, mais je l'aimais bien aussi. C'était une couleur qui disait que je n'étais pas quelqu'un à qui on racontait n'importe quoi.

Ce que je n'étais pas, ni avec les fées, ni avec mes compagnons.

Je ralentis jusqu'à ce que West n'ait plus d'autre choix que de me laisser me rabattre à côté de lui. Le chemin était juste assez large pour que nous puissions marcher côte-à-côte, mais je devais faire un effort conscient pour ne pas laisser mon bras frôler le sien. Il regardait droit devant lui, sa mâchoire serrée.

— C'est vraiment comme ça que vont être les choses entre nous maintenant ? demandai-je. Avec toi qui vas tourner toute la journée comme si je t'avais gravement offensé d'une manière ou d'une autre ?

— Aucune de mes responsabilités en tant qu'alpha n'exige de moi que je joue les lèche-bottes avec toi, rétorqua-t-il.

— Oh, je t'en prie. Pendant ces deux derniers jours, tu as été plus amical avec les meubles qu'avec moi. Je ne dis pas que tu dois m'organiser une fête. Je ne vois juste pas pourquoi tu dois me tenir complètement à l'écart.

Je l'entendis déglutir.

— Je pense que tu sais quel est le problème, Étincelles.

Une bouffée de colère à laquelle je ne m'attendais pas monta en moi. Parce que j'ignorais quel était ce problème. Parce que rien dans la manière dont il se comportait ne semblait ne serait-ce qu'un tant soit peu raisonnable.

Je levai mon menton.

— Je pense à beaucoup de choses qui pourraient t'énerver, mais honnêtement je n'ai pas la moindre idée de pourquoi tu as l'air de l'être tellement après *moi*. Tu veux être mon âme-sœur et en même temps tu ne veux pas l'être. Très bien. Prends tout le temps dont tu as besoin pour y voir plus clair et te décider. Quand est-ce que j'aie jamais dit autre chose ? Je n'essaye pas de te pousser ni quoi que ce soit. Le plus que je t'ai demandé, c'est un baiser il y a deux semaines. Alors sois frustré contre toi-même, ou par la situation, ou bordel, même par maman pour la manière dont elle a géré les choses. Mais je ne vois pas en quoi c'est juste de ta part de passer tes nerfs sur moi.

Le silence régna entre nous pendant une minute. Il n'y avait aucun bruit en dehors du crissement de nos pieds sur le terrain accidenté. Je commençais à me demander si je ne l'avais pas encore plus mis en rage. Puis West inspira profondément. Sa voix sortit encore plus rauque que d'habitude.

— Tu as raison. Je n'ai pas été totalement juste. Je suis désolé pour ça.

Une partie de la tension en moi redescendit.

— Alors... on peut passer à des conversations polies, au moins ?

Les coins de sa bouche tressaillirent.

— Peut-être. Ce n'est pas vraiment mon fort la plupart du temps. N'abuse pas.

Il n'avait pas dit grand-chose, mais l'espace entre nous semblait moins tendu à présent. J'étais sur le point d'accélérer et de lui donner l'espace dont il avait à l'évidence envie quand il ajouta :

— Alors je suppose qu'ensuite on va aller au domaine du métamorphe ours.

Il y avait une note étrange dans sa voix qui me serra le cœur même si je ne savais pas exactement pourquoi.

— Qu'est-ce qui te fait dire ça ?

Un de ses sourcils se leva.

— Nous sommes liés tous les cinq dans une certaine mesure, Étincelles. Quand tu confirmes ce lien avec l'un d'entre nous, les autres le savent, tu peux me croire.

Mes joues devinrent brûlantes à la pensée que les autres puissent sentir ce que Nate et moi avions fait deux heures plus tôt.

Mais pourquoi devraient-ils ne pas le savoir ? Tôt ou tard, étant donné la manière dont les choses devaient se passer, on passerait *tous* par-là.

Je frottai ma bouche.

— Ah. Eh bien oui, je suppose que ce serait logique d'aller ensuite voir la famille de Nate. Vu la situation actuelle.

West émit un son évasif. Je ne savais pas vraiment comment interpréter ce dernier. Mais la conversation semblait terminée, donc j'accélérai le pas. De toute façon, nous ne devions plus être très loin du point de rendez-vous. Je ne pouvais pas me permettre de me laisser distraire de ces pourparlers.

Le chemin avait dévié. Aaron était en train de disparaître devant nous. Je me dépêchai encore plus, mes nerfs parcourus de picotements, et une forme aux plumes éclatantes descendit du ciel en piqué devant moi.

Alice se transforma dans sa chute libre, mais avec un contrôle total. Elle atterrit sur ses pieds avec un bruit sourd, ses mains se levant déjà dans une position de défense. Elle avait laissé ses serres d'aigles ressortir de ses pieds nus. Elles semblaient aussi acérées que mes griffes de dragonne.

Avant que je ne puisse faire un pas de plus, le bras droit d'Alice s'abattit pour me faire signe de reculer. Je m'arrêtai. Mes oreilles se dressèrent, mais je n'entendais rien d'inquiétant dans la forêt autour de nous.

— Qu'est-ce qui se passe ?

— Cet arbre, là.

Elle fit un geste de son poing vers le grand genévrier qui se trouvait à quelques mètres devant nous, à la fin du chemin.

— Il y a quelque chose qui cloche avec lui. Il a cet... éclat quand on s'approche.

L'arbre ? Je penchai la tête vers lui, mais il me donnait toujours l'impression d'être une plante totalement ordinaire. Alice se rapprocha de quelques pas, totalement à l'aise avec sa nudité. J'avais été assez entourée de métamorphes au cours des semaines précédentes pour que leur nudité décontractée commence à me sembler beaucoup moins étrange.

Les muscles qui couraient à travers la silhouette

robuste d'Alice se tendirent. Les hommes s'étaient arrêtés et Aaron était en train de revenir sur ses pas.

— Qu'est-ce qui se passe ? dit-il.

— Je pense qu'il y a un piège dans cet arbre, dit Alice en brandissant un pied doté de serres vers celui-ci. Mais il est réglé pour être déclenché par Serenity.

Marco huma l'air.

— Il y a une odeur de fées ici. Je pensais que c'était parce qu'elles arrivaient sur le lieu de rendez-vous.

— J'ai l'impression qu'il y a un moyen facile de savoir ce qu'il en est, dis-je. Pourquoi est-ce qu'on n'observerait pas ce que font les arbres quand je m'approche plus près d'eux ? À moins que tu ne penses que ça ne vaut pas la peine de prendre le risque.

Alice avait clairement plus d'expérience de ce genre de situation que moi.

Ses lèvres se pincèrent, mais elle hocha la tête.

— Vas-y lentement. Et tiens-toi prête à battre en retraite.

J'avançai d'un pas prudent sur le chemin, puis d'un autre. Rien ne bougea dans, ni autour des arbres. Peut-être qu'elle avait tort. Je faisais confiance à ses instincts, mais nous étions aussi tous un peu nerveux.

Je fis encore quelques centimètres de plus vers l'avant, et brusquement l'arbre tout entier se jeta sur moi. Son tronc s'arracha vers l'avant et ses branches fondirent vers le sol comme pour m'avaler.

J'esquivai en trébuchant vers l'arrière. Alice bondit pour rejoindre l'arbre. Sa jambe fendit l'air, ses serres découpant une branche. Son coude en frappa une autre de plein fouet pour la casser. Une douche de feuilles tomba sur moi. Je pivotai sur mes talons pour me tourner vers l'arbre, la transformation commençant déjà à envoyer des picotements sous ma peau.

Alice était immobile, pantelante, et ses lèvres se retroussèrent dans un sourire féroce. Des brindilles et des branches cassées parsemaient le chemin. L'arbre meurtri était revenu à sa position d'origine comme s'il n'avait jamais bougé.

— C'était quoi ça, bordel ? dis-je.

— Alice avait raison, dit Aaron. Un sort a dû être lancé sur l'arbre. Il devait descendre sur toi au moment où tu passerais. Dès que tu as reculé, l'effet s'est levé.

— Un sort des *fées*, cracha West. Qu'est-ce qui pourrait utiliser de la magie comme ça à part elles ?

Mon cœur martelait dans ma poitrine.

— Est-ce que tu penses que... la reine...

— Elle n'*oserait* pas faire ça, gronda Nate d'une voix basse et sombre.

Une rage de grizzly brillait dans ses yeux.

— Elle n'oserait pas faire ça, approuva Marco. Mais on a déjà vu que ses subordonnés n'ont pas de souci à trouver des moyens pour contourner les traités. Je suis sûr qu'elle va dire que ce sont quelques brebis galeuses.

West montra les dents.

— Peu importe. On assume la responsabilité pour les renégats. C'est à elle de gérer toutes les fées.

— Et on va s'assurer qu'elle le fait, dit Aaron. Quand on la verra. Il est presque l'heure.

Il me lança un regard.

— Si tu te tiens à une assez bonne distance de l'arbre, le piège ne devrait pas se réactiver.

Je hochai la tête. Je repris mon chemin à travers les broussailles de l'autre côté du sentier non sans lancer un regard noir au genévrier. L'arbre ne bougea pas. Je recommençai à respirer au moment où j'arrivai près du virage, de retour sur un terrain avec moins d'obstacles.

— Je ferais mieux de retourner dans les airs au cas où elles auraient d'autres surprises pour nous, dit Alice.

Ses jambes se plièrent avant qu'elle ne bondisse dans le ciel.

— Merci, dis-je rapidement en croisant son regard. Je n'avais jamais vu quelqu'un se battre contre un arbre avant, mais tu es vraiment douée pour ça.

Son sourire réapparut.

— Rien n'a encore réussi à prendre le dessus sur moi. J'assure tes arrières, Serenity.

J'appréciais la promesse, mais j'approchais du lieu de rendez-vous neutre avec mes nerfs encore plus à vif. Je trouvais de moins en moins facile de croire que la reine des fées était une spectatrice ignorante dans tout ça. Quelle que soit l'amitié qu'il y avait pu y avoir entre les fées et les métamorphes dragonnes avant, quelque chose avait très, très mal tourné.

Les arbres se firent de plus en plus rares avant de disparaître complètement. Nous arrivâmes dans une grande clairière où il n'y avait que de l'herbe et quelques fleurs roses éparses d'un bout à l'autre. Le ciel au-dessus de nos têtes était d'un bleu saisissant. La brise chaude gazouillait faiblement à travers les branches autour de nous.

Nous n'avions fait que quelques pas dans la clairière lorsque la délégation des fées apparut de l'autre côté. Il devait y avoir au moins dix de ces grandes silhouettes émaciées avec leur peau blanche-bleuâtre. En sentant leur odeur écœurante, mon nez se plissa.

En tête de leur procession une femme encore plus grande que les autres marchait à grands pas. Les ondulations blond-argentées de ses cheveux descendaient en cascade sur ses épaules et le long de sa robe vaporeuse jusqu'à ses chevilles. Ses grands yeux brillaient comme des diamants noirs. Un léger scintillement s'élevait de ses cheveux et de sa peau. Une couronne de vigne vivante était enroulée au sommet de sa tête, mais même sans ça, j'aurais su qu'elle était la reine.

Mon dos se raidit, mais je gardai une expression aussi calme que je le pouvais. Nous avançâmes pour rejoindre les fées au centre de la clairière, Aaron et Nate se rapprochant de moi, West et Marco nous encadrant. Les autres métamorphes aviaires décrivaient des cercles dans les airs juste au-dessus de nos têtes.

— Votre Majesté », dit Aaron en inclinant légèrement la tête. Nous apprécions que vous vous soyez déplacée pour vous entretenir avec nous.

Le regard de la femme fée glissa à peine sur lui. Elle me regardait, son visage impassible.

— Alors voici la nouvelle métamorphe dragonne.

Alors voici la femme qui a tué la dernière, avais-je envie de dire, mais je me tus. Les accusations de meurtre directes n'étaient pas des actes très diplomates.

— Me voici. Je suis heureuse de faire votre connaissance.

Pour que je puisse enfin obtenir des réponses.

— Et quelle est la raison de cette entrevue ? demanda la reine, son regard revenant à présent vers Aaron.

Comme s'il était plus digne de son attention que moi.

Je ne pus m'empêcher de me hérisser légèrement.

— C'est moi qui l'aie demandée, dis-je, parce que j'ai des questions à propos de la présence des fées dans la montagne qui se trouve à Sunridge. Et aussi, maintenant que je suis ici, à propos du sort placé sur un certain arbre le long de notre chemin vers le terrain neutre.

La reine fronça les sourcils, son regard soigneusement vide.

— Sunridge ? Ce nom me semble vaguement familier, mais je ne peux pas dire que ce soit un endroit auquel j'accorde beaucoup de considération. Et je ne sais rien à propos de cet arbre.

Oui, bien sûr, elle ne savait rien.

— Il y avait de la magie sur l'arbre, dis-je. Un sort pour qu'il m'attaque. Seule une fée aurait pu faire ça.

— Vous en êtes sûre ? Vous n'avez pas vraiment été beaucoup en contact avec notre espèce, n'est-ce pas ? D'après ce que je sais, vous n'avez même pas beaucoup vu votre propre peuple.

OK, à présent les poils de mon cou étaient *réellement* hérissés. C'était comment ça qu'elle voulait la jouer ? Nate s'agitait, mais je levai une main pour qu'il attende. Je n'avais pas besoin qu'il combatte dans cette bataille. Je n'allais pas aller aussi loin qu'une transformation en métamorphe dragonne tant que la reine des fées apprenait à *me* respecter.

— J'en sais assez, dis-je. Et j'ai mes alphas lorsque j'ai besoin de conseils supplémentaires. Je n'ai eu besoin d'aucune aide pour voir ce que votre peuple a fait à ma mère sur cette montagne.

Un tressaillement passa sur le visage de la femme fée, tellement bref qu'un humain ordinaire ne s'en serait pas rendu compte. Mais je n'étais pas humaine.

— La dernière fois que j'ai entendu parler de votre mère, elle fuyait les groupes des métamorphes il y a de nombreuses années de ça, dit la reine, mais elle était en train de mentir.

Je le sentais dans tous les os de mon corps.

Je me redressai pour me grandir. Je n'étais peut-être pas aussi grande qu'elle, mais j'avais beaucoup plus que la peau sur les os comme elle, donc je devais avoir l'air un peu intimidante.

— Il existe un traité entre votre peuple et le mien. Vous assumerez la responsabilité pour les crimes commis par le vôtre. Mais si vous voulez vraiment me tester, allez-y et mentez-moi effrontément encore une fois.

Derrière moi, Marco étouffa quelque chose qui aurait pu être un ricanement. Une lueur glaciale brilla dans les yeux de la reine.

— Ce sont *eux* votre peuple ? demanda-t-elle d'une voix acerbe. D'après ce que je vois, vous avez tout juste accepté deux de leurs chefs comme vos compagnons de choix. Et vous me parlez à moi de responsabilités ?

Ma gorge devint brusquement brûlante, des flammes dansant à la base de cette dernière. Ma peau me démangeait, mue par l'envie de revêtir ses écailles. Je maîtrisai l'envie de me transformer, de justesse.

— C'est encore ma vie. Je ferai mes choix à mon rythme. J'aurais été plus que prête pour eux si votre peuple ne m'avait pas pris ma mère. Mais je *suis* prête à vous faire répondre de ces crimes.

Aaron fit un léger pas en avant. Sa voix retentit.

— En tant qu'alpha de la famille aviaire, je soutiens entièrement Serenity Drake.

Nate leva la tête.

— En tant qu'alpha de la famille hétéroclite, je soutiens entièrement Serenity Drake.

Marco avança pour se tenir à côté d'Aaron.

— En tant qu'alpha de la famille féline, je soutiens entièrement Serenity Drake. Et je la soutiendrai pour le reste de ma vie, où que ce soit.

Je ne l'avais jamais entendu avoir l'air aussi sérieux. Une partie de la peine que j'éprouvais encore disparut.

Avant que je ne puisse me demander si le métamorphe loup étendrait sa loyauté aussi loin, il apparut près de Nate.

— En tant qu'alpha de la famille canine, je soutiens entièrement Serenity Drake. Lorsqu'elle exige votre respect, elle parle en notre nom à *tous*.

Il lança un regard noir à la reine.

La femme fée laissa échapper un léger reniflement.

— Je vous ai dit ce que je sais. Je n'ai vu aucune preuve des crimes que vous prétendez avoir été perpétrés. Si la seule raison pour laquelle vous m'avez fait venir ici, ce sont des accusations sans fondements, je vous ai accordé assez de mon temps.

Elle tourna les talons. Ses accompagnateurs s'écartèrent autour d'elles pour la laisser passer.

Elle allait vraiment me tourner le dos. Comme si je

n'avais aucune autorité. Comme si elle ne me devait *rien* après tout ce que son peuple m'avait pris.

Non. Elle allait apprendre tout de suite qu'ignorer cette métamorphe dragonne était une erreur. Peu importait pendant combien de temps j'avais été absente ni comment les gros bonnets pouvaient parler de moi. J'étais ici à présent avec mes alphas à mes côtés, et je revendiquais ce pouvoir comme étant le mien.

— Restez-ici, dis-je d'un ton sec, ma voix devenant déjà rauque.

Dans ma rage, je trouvais juste les ressources nécessaires pour retirer ma robe en soie au moment où la transformation me submergea.

Mes muscles se mirent à s'étirer et à chanter, la sensation de brûlure devenant agréable à présent. Les flammes brûlaient l'arrière de ma gorge qui s'allongeait. Je me relevai de toute ma hauteur, me dressant au-dessus d'elle, pliant mes ailes imposantes.

La reine des fées se retourna brusquement. Elle n'avait plus l'air aussi grande à présent qu'elle se tenait sous mon corps de dragonne. Je plissai mes yeux et je la regardai. Elle m'adressa un sourire glacial. Un crépitement d'énergie magique scintillait autour de son corps.

— Tenter de s'attaquer à moi constituerait une déclaration de guerre, dit-elle avec un rictus.

Mais je ne voulais pas l'attaquer. Non, le crépitement dans ma gorge était celui des flammes du cristal, des flammes de ce don de la vérité. J'avais eu peur d'essayer de faire appel à lui avant, mais je n'aurais pas dû. Il *m'appartenait* et j'avais confiance en moi. Cette femme devait savoir précisément à qui elle avait affaire.

J'ouvris la bouche et je soufflai du plus profond de ma poitrine dans laquelle un anneau de douleur était serré autour de mon cœur.

Des flammes se déversèrent sur la reine. Elles firent voler en éclat son bouclier protecteur. Ses accompagnateurs poussèrent des cris perçants. Mais les flammes n'étaient pas le feu jaune et orange qui l'aurait carbonisée. Elles dansaient, blanches et violettes, entourant la femme fée de vifs éclats de lumière.

Transperçant la vérité.

Ses yeux s'écarquillèrent. Ses lèvres s'entrouvrirent et ses mains serrèrent la base de sa gorge comme si elle était en train d'essayer de retenir sa voix. Mais celle-ci jaillit quand même, tremblant à travers les flammes.

— J'ai entendu parler de la mort de votre mère, dit-elle comme si elle était en train de s'étouffer. Je savais qu'un groupe de fées était responsable, mais personne d'autre n'était au courant, donc j'ai laissé faire. Je ne les ai pas punies. Il y en a d'autres que j'ai entendu s'exprimer contre les métamorphes. Je ne les ai pas encouragées, mais je ne les ai pas arrêtées non plus. Si quelqu'un a utilisé de la magie contre vous aujourd'hui, je peux facilement deviner de qui il s'agit.

Ses accompagnateurs reculèrent autour d'elle, la regardant bouche bée après ses aveux. Aaron la fixait avec un regard dur et froid.

— Pourquoi est-ce que vous avez laissé passer ces crimes ?

Les lèvres de la reine se retroussèrent, mais mes flammes l'entouraient toujours.

— C'était plus facile pour nous quand la communauté

métamorphe était dans la confusion. Nous pouvions revendiquer plus de territoire, refuser plus de compromis. J'étais heureuse de laisser cette situation continuer.

Je grimaçais intérieurement en entendant sa confession. Des flammes plus chaudes chatouillaient la base de ma gorge, voulant la punir pour tout le mal qu'elle avait laissé se produire. Je les maintenais à distance et envoyai une autre rafale de flammes de la vérité sur elle. Ma forme de dragonne commençait à trembler à cause de la pression de ce pouvoir inconnu.

— Est-ce que vous accepterez l'autorité de Serenity et la nôtre à partir de maintenant ? demanda Nate.

— Oui, haleta la femme fée. Autant que je le dois.

Je n'aimais pas ça. Mais j'étais incapable de produire une autre salve de flammes. Je laissai ces dernières se tarir, maintenant à peine ma forme de dragonne. Je restai là, lui lançant des regards noirs.

La reine frotta ses mains sur ses bras comme pour essayer de dissiper le feu qui avait déjà disparu. Elle me fixa du regard. Pour la première fois, je vis de la peur dans ses yeux. De la peur, soutenue par une pointe de rage en-dessous.

J'avais eu le dessus sur elle cette fois, mais elle ne l'oublierait pas. Quel que soit le conflit qui couvait entre les fées et les métamorphes, il était loin d'être terminé.

— Ces accusations ne semblent pas autant sans fondements maintenant que vous avez avoué qu'elles sont vraies, Votre Majesté, dit Marco sur un ton malicieux. Que faisons-nous maintenant ?

Elle sembla prendre un air renfrogné.

— Je vais agir en réparations, dit-elle. Les fées qui ont

agi contre les métamorphes de quelque manière que ce soit seront punies conformément au traité. Tout comme d'autres dans le futur si j'entends parler en personne de tels méfaits. Vous avez ma parole.

La dernière phrase resta suspendue dans les airs avec une irrévocabilité surnaturelle. Nous pouvions la croire, au moins à ce point. Je supposais que nous ne pouvions pas vraiment lui demander de s'engager à percevoir différemment les métamorphes.

J'inclinai ma tête, la regardant en clignant des yeux, et un frisson parcourut son corps maigre.

— Est-ce que ça résout nos affaires ici ? demanda-t-elle.

— Encore une chose, dit Aaron. Quand vous vous adresserez à ceux de votre peuple qui ont agi contre nous, ceux qui ont aidé les métamorphes renégats à nous attaquer, nous ou le reste de notre communauté devons également faire partie des présents. Nous sommes d'accord ?

Elle hocha la tête avec un sursaut.

— Nous sommes d'accord.

Elle me lança un dernier regard avant de se tourner avec un grand mouvement de ses cheveux flottant au vent. Un regard qui me disait qu'elle était vaincue pour l'heure, mais pas pour toujours.

Mais en termes de victoires pour moi ? Je l'acceptais.

Lorsque les fées eurent de nouveau disparu dans la forêt, je quittai ma forme de dragonne. Mon corps s'effondra avec un tremblement. Je suffoquai dans ma gorge soudain irritée. Le pouvoir qu'on m'avait accordé procurait une sensation incroyable, mais il laissait mon corps perclus de douleurs lancinantes.

Nate me tendit ma robe. Je remis cette dernière en retrouvant mon équilibre.

— Très bien, dis-je. Rentrons.

21

— Je ne sais pas pourquoi je me sens aussi chamboulée, dit Ren. Je savais déjà qu'elle était morte, et que c'étaient les fées qui l'avaient tuée.

Elle frotta sa main sur son visage. Nous nous tenions dans sa chambre, devant le miroir où elle était en train de peigner les ondulations châtain foncé de ses cheveux. Ces derniers retombaient doucement sur ses épaules et sur le décolleté de la robe turquoise qu'elle avait choisie pour le gala d'adieu prévu ce soir-là. Le lendemain, nous partions vers le sud, vers mon domaine.

Je posai ma main dans le creux de son dos, et elle s'appuya automatiquement sur cette dernière. La toucher faisait toujours bondir mon cœur, mais rien ne pouvait être comparé à la chaleur constante du lien qui vibrait désormais entre nous. Un lien qui devait durer aussi longtemps que nous vivrions tous les deux.

— Tu ne sais pas à quel point ces fées ont reçu

l'approbation de leur reine, dis-je. Tu as dû l'entendre parler comme si le meurtre de ta mère ne signifiait rien pour elle. Bien sûr que ça t'a troublée.

— Ouais. J'imagine que ça se tient.

Elle prit une profonde inspiration et redressa ses épaules.

— De retour dans la mêlée.

J'eus un petit rire en prenant sa main tandis que nous nous dirigions vers la porte.

— Rappelle-toi juste que tu as fait ce pour quoi tu es venue ici. On ne peut pas ramener ta mère, mais on est en train d'obtenir justice pour elle. Et tu as obtenu ça en utilisant le pouvoir qu'elle a toujours voulu que tu aies.

Ren hocha la tête, sa main se levant vers le creux de sa gorge.

La cour située à l'avant du domaine aviaire foisonnait déjà de métamorphes, comme lorsque nous étions arrivés ici deux nuits plus tôt. Un groupe était en train de jouer une chanson joyeuse sur les marches, et des gens dansaient partout. Ren faisait se balancer mon bras en rythme avec la musique, mais j'avais deux pieds gauches quand il s'agissait de suivre le tempo.

— Je pense que je ferais mieux de te confier à Aaron si tu as envie de danser, dis-je avec un grand sourire.

Le métamorphe aigle se frayait un chemin jusqu'à nous.

— Je reviens, dit Ren en déposant un baiser rapide sur mes lèvres.

Je regardai Aaron l'emmener pour la faire tourner et basculer en arrière. Notre métamorphe dragonne riait, les yeux brillants, et je sentis la chaleur dans mon cœur grandir.

Elle était en train de trouver sa place ici, avec nous, malgré toutes les tragédies qu'elle avait connues dans sa vie avant.

— Et on mise notre survie sur *ça*, marmonna une voix juste derrière moi.

Le grizzly en moi se hérissa automatiquement. Je regardai autour de moi et repérai un des couples qui étaient assis en face de Ren au dîner de la veille, un de ceux qui l'avaient critiquée à chacune de ses erreurs mineures. C'était l'homme qui avait parlé. La femme secouait la tête avec consternation.

— Je sais. C'est une honte.

Je serrai les dents pour retenir un rugissement. Mes doigts me démangeaient de laisser pousser mes griffes et de frapper les têtes de ces deux cervelles de moineaux l'une contre l'autre. Je serrai les poings, puis je me rappelai tout ce que Ren m'avait dit plus tôt.

Elle ne voudrait pas que je fasse une scène au milieu de cette fête en son nom. Je pouvais la défendre sans rentrer en mode ours total.

— On pourrait presque penser..., commença le mari, et je m'éclaircis la gorge en me tournant entièrement vers eux.

— Vous pourriez presque penser quoi ? dis-je en laissant ma voix descendre suffisamment bas pour être légèrement menaçante.

Le couple sursauta et leur posture se raidit. La mâchoire de l'homme se crispa.

— J'ai le droit d'avoir les opinions que j'ai à propos de ceux qui nous dirigent.

— C'est vrai, dis-je. Mais si vous aviez vu comment Serenity a mis la reine de toutes les fées à genoux tout à l'heure, je ne crois pas que vous vous plaindriez. À moins que vous ne pensiez pouvoir faire trembler les fées à votre vue ?

Il ouvrit la bouche puis la referma tandis qu'il luttait pour trouver ses mots. Ouais, c'était bien ce que je pensais.

— Parlez aux gardes qui sont venus avec nous si vous ne croyez pas la parole de votre propre alpha, dis-je. Ils vous diront combien notre métamorphe dragonne est puissante.

— Je suppose que nous le ferons, dit la femme.

Elle attrapa le coude de son mari et elle l'emmena. Ce qui était pour le mieux, car s'ils avaient essayé de lancer de nouvelles piques à Ren, j'aurais été incapable de promettre que j'aurais retenu mes instincts animaux plus longtemps.

— Encore en train de défendre l'honneur de notre métamorphe dragonne ? dit sèchement West. Il était arrivé à côté de moi pendant que j'étais distrait.

Je regardai le métamorphe loup en fronçant les sourcils.

— Si tu es ici pour faire du sarcasme, je n'ai vraiment pas envie de l'entendre. Après cet après-midi, même *toi* tu dois bien admettre qu'elle a quelque chose de spécial.

Le regard de West glissa de moi à l'endroit où Ren était encore en train de danser avec Aaron. Ses cheveux volaient autour de son visage pendant qu'il la faisait tournoyer. La joie et l'amour resplendissaient sur ce dernier. Je n'arrivais pas à comprendre comment l'un d'entre nous pouvait voir ça et ne pas sentir son cœur fondre.

Et peut-être qu'aucun d'entre nous ne le pouvait. L'expression de West s'adoucit légèrement. Tout comme sa voix.

— Peut-être que oui, dit-il. Voir la reine tourner les talons et s'enfuir... C'était vraiment quelque chose, pas vrai ?

Un sentiment de fierté envahit ma poitrine.

—C'était notre métamorphe dragonne.

C'était mon âme-sœur.

Ren

Un silence s'abattit soudain sur la foule autour d'Aaron et moi. Nous venions juste de nous arrêter pour reprendre notre souffle après avoir dansé trois chansons d'affilé. Je levai les yeux et mon corps se raidit.

Une silhouette mince et pâle était apparue à la lisière de la cour, brillant dans l'obscurité. Un homme fée. Il leva sa main dans un geste que je sus instinctivement être un geste de paix. Il ne voulait aucun mal.

Mais ça ne me rendait pas pour autant heureuse de le voir.

Aaron s'avança à sa rencontre et je le suivis. Le regard scrutateur de l'homme s'immobilisa lorsqu'il se posa sur nous. Il tendit son autre main qui brillait d'une lumière plus marquée.

— La reine souhaite que vous sachiez que sa parole a été tenue, dit-il.

Il balaya l'air de sa main.

Une poignée de minuscules lumières explosèrent au-dessus de nos têtes. Les fragments scintillèrent puis sombrèrent dans l'air frais du soir.

— Qu'est-ce..., commençai-je, mais l'homme fée s'était déjà volatilisé.

Des murmures s'élevèrent dans la foule surprise et impressionnée. Je me tournai vers Aaron.

— C'était quoi ça ?

Il regarda le ciel dans lequel les lumières avaient disparu avec une expression solennelle.

— La reine a respecté les termes du traité, conformément à nos lois. Les fées qui ont agi pour nous faire du mal à nous et à ta mère ont vu leurs lumières éteintes.

— Oh.

Une boule se forma dans mon estomac. Je suivis son regard en pensant à ces vies balayées.

Tout comme leurs propriétaires avaient détruit la vie de ma mère. Tout comme ils avaient traité le renégat que la femme fée dans la montagne avait dit qu'elles avaient trouvé en train de nous suivre. Apparemment, c'était comme ça que fonctionnaient les fées. Rapides et brutales.

Pas vraiment le genre d'ennemies que j'avais envie de me faire.

— Le conflit entre elles et nous est loin d'être terminé, n'est -ce pas ? dis-je.

Les lèvres d'Aaron se plissèrent en une ligne sinistre.

— Non, je ne pense pas que ce soit le cas. Mais on

est mieux préparé que nous ne l'avons jamais été avant pour faire face à ce qu'elles vont tenter ensuite. Et à présent, toute ma famille a aussi vu l'emprise que tu as sur elles.

Il me regarda et sourit. Je ne pus m'empêcher de sourire en retour. Peut-être qu'on pouvait faire semblant, juste un petit moment, que tous nos problèmes étaient résolus.

La fête tirait à sa fin tandis que la nuit s'épaississait autour de nous. Mes paupières étaient lourdes au moment où je me retrouvai à flâner dans le couloir du domaine qui menait à mes appartements avec mes quatre alphas dans mon sillage.

Quand j'aperçus ma porte un peu plus loin, un sentiment de nostalgie serra mon cœur. Une partie de mon esprit remonta sept ans en arrière, repensant aux nuits que je passais recroquevillée dans l'appartement autrement vide qui avait été celui de ma mère, attendant à chaque fois avec de moins en moins d'espoir d'entendre sa clé dans la serrure.

Je ne voulais plus jamais me sentir seule. Je ne le devrais plus maintenant que j'avais trouvé mes âmes-sœurs. Mais le simple fait de savoir qu'ils étaient de l'autre côté de ces murs ne semblaient soudain pas assez.

Nate avança pour se diriger vers ses propres appartements et je tendis ma main.

— Non. Tu restes avec moi ?

Mon regard se déplaça sur mes autres âmes-sœurs. Aaron, calme et posé, Marco amusé mais légèrement hésitant, West aussi revêche que d'habitude.

— Vous tous. Je veux que vous restiez. S'il vous plaît ?

Je ne demande rien de plus que ça. Je n'ai juste pas envie de dormir seule.

Je savais qu'il n'était pas vraiment nécessaire de poser la question à Aaron et à Nate. Marco me lança son sourire coquin et dit :

— Comme bon te semble, Princesse des Flammes.

West eut l'air de réprimer une grimace, mais il pencha sa tête comme pour dire qu'il se soumettrait à la demande de mauvaise grâce.

Apparemment, il décida qu'il avait besoin de le dire aussi. Je tenais la porte pendant qu'ils entraient tous, et il marqua une pause devant moi.

— Écoute, Étincelles, ce que j'ai dit devant la reine des fées ne veut pas dire que...

Je levai les yeux au ciel.

— Bien sûr, dis-je. Aucun engagement présumé. Maintenant rentre. Je suis épuisée, pas toi ?

Je montai au milieu de l'immense lit et m'installai au milieu de tous les oreillers. Les hommes m'entourèrent, Nate et Aaron se blottissant contre moi chacun d'un côté. Marco et West gardèrent un peu plus de distance, mais je ne pouvais m'attendre à quoi que ce soit d'autre. J'arrivai toujours à sentir notre lien qui semblait s'enrouler autour de moi, chaud et solide. Tous les cinq, comme je savais tout au fond de moi que nous étions destinés à l'être.

Mes nerfs se calmèrent. Mon corps se détendit dans le lit. Je sombrai dans un sommeil, enveloppée de la certitude que quels que soient les problèmes qui nous attendaient, j'étais exactement là où je devais êt

Des coups frénétiques contre la porte me réveillèrent. Je clignai des yeux dans la pièce sombre tandis que mes âmes-sœurs s'agitaient autour de moi. Avec un soupir pesant que je reconnus comme étant celui de West, un des hommes quitta le lit et se dirigea d'un pas raide vers la porte. Les autres et moi nous nous assîmes. Je frottai mes yeux vaseux, mon cœur tambourinant dans ma poitrine.

— Qu'est-ce qui se passe ? marmonna West en ouvrant la porte.

Une voix chevrotante nous parvint à travers le salon jusque dans la chambre.

— On vient juste de nous prévenir. Il y a eu une attaque sur le domaine de l'alpha ours.

À PROPOS DE L'AUTEUR

Eva Chase est une autrice dans le top 100 des best-sellers Amazon dans les catégories de romance fantaisie et paranormale. Elle a grandi avec une bonne dose de magie, de chaos et de cette angoisse romantique, trois éléments que l'on retrouve dans ses histoires. Mais il n'y a pas besoin d'avoir peur des triangles amoureux ! Les héroïnes d'Eva n'ont jamais à choisir. Vous pouvez visiter son site web au www.evachase.com.

www.ingramcontent.com/pod-product-compliance
Lightning Source LLC
Chambersburg PA
CBHW032032310726
48972CB00002B/637